著‡秋
イラスト‡にもし
～無益な研究だと魔法省を解雇されたため、新魔法の権利は独占だった～
史に
載らない偉人
A great man who does not appear in magic history
2
JN073377

「器工魔法陣の不備で、
結界が弱まっているわけではないようだ」
「地図からすると、
シャノンの反応があったのはこの内側だな」

A great man who does not appear in magic history

CHARACTER

アイン・シュベルト

優れた能力を持ちながら「学位がない」という理由で冷遇を受ける一級魔導師。史上十三番目の基幹魔法《歯車体系》の実現を目指して研究に明け暮れている。

シャノン

アインが養女として孤児院から引き取った少女。魔法の才能があり、彼女を魔導師として育て上げることが、アインが魔法省で研究を続ける条件だった。

ギーチェ・バルモンド

聖軍総督直属の実験部隊「黒竜」隊長。元々は魔導師を志しており、アインとはアンデルデズン魔導学院の元学友である。

アナスタシア・レールヘイヴ

《六智聖》の一人【鉱聖】アウグスト・レールヘイヴの一人娘で、【石姫】の二つ名を持つ。シャノンとはアンデルデズン魔導学院幼等部でのクラスメイト同士。

デザイン:鈴木 亨

魔法史に載らない偉人 2

A great man who does not appear in magic history

～無益な研究だと魔法省を解雇されたため、新魔法の権利は独占だった～

著：秋　イラスト：にもし

原作漫画／講談社『マガジンポケット』連載

§1. 学友

アンデルデズン魔導学院幼等部。教室。

「ま」

シャノンは教卓の上にあるゴツゴツした石を見つめ、目に魔力を集中した。

「がん！」

カッとシャノンの目に魔力光が集中して、彼女はふらっと倒れた。

「しゃ、シャノンちゃんっ！」

同じ班だったリコルが慌ててシャノンを介抱する。

シャノンはぱちりと目を開いた。

「みえた」

シャノンはぴょんっと立ち上がり、教卓の石を手に取った。

「なかみ、まっしろ！」

どっと生徒たちから笑い声が漏れた。

「あ、あの、シャノンちゃん。石か魔石かだから、真っ白は……」

怖ず怖ずとリコルが言う。

「でも、まっしろだた」

「シャノンさんは目に強い魔力を集中しすぎて、逆に見えなくなっちゃったのよ」

担任のセシルが優しい口調で説明する。

「もう少し弱めにすると、上手くいくと思うわ。練習してみて」

「あい！」

元気いっぱいにシャノンは返事をする。

「それじゃ、せっかく班に分かれてもらったし、宝探しゲームをしましょう。最初にみんなに宝箱を配ったでしょ」

シャノンがタタタッと自席に戻り、箱を開ける。

中には石が大量に入っていた。

「石か魔石が入ってるから、魔眼でどっちか見分けるの。当たれば1点、外れたらマイナス1点、魔石の種類を当てたら2点ね。よーい、始めっ！」

セシルの合図で、生徒たちは一斉に宝箱から石を取り出し、魔眼での観察を始めた。

なかなか魔眼が安定しない生徒、順調に見分けていく生徒など様々だが、各班はそれぞれ教え合い、相談しながら、和気藹々とゲームに取り組んでいた。

シャノンの班では、リコルがそこそこ得意なようで、次々と魔眼で見分けていく。一方でシャノンは魔力が強すぎて、カッと魔眼を光らせては、目の前が真っ白になっていた。

「全然違うわ！」

和やかだった教室内に、鋭い声が飛ぶ。

アナスタシアだ。

彼女は同じ班の男子生徒、ドイルの前にある石を指さしている。

「ドイル。それのどこが魔石なのかしら？」

「え、あ……ご、ごめん……」

「ごめんではなくて」

「じゃ、じゃあ、こっちが魔石！」

ドイルは別の石を手にして言った。

「いい加減なことをしないでちょうだい。それもただの石よ」

ぴしゃりとアナスタシアが言うと、萎縮したようにドイルは縮こまった。

今にも泣き出しそうである。

「……他人に口出ししてないで、自分の分をやってろよ……」

ぼそっと同じ班のラルクが言った。

「あら？　ずいぶん男らしいのね、ラルク。なにかおっしゃって？」

「六智聖（ろくちせい）の娘だからって、偉そうにすんなって言ってんだ！」

するとと、怒りをあらわにするようにアナスタシアが眼光を鋭くした。

「……な、なんだよ……本当のことだろ……」

「まだ三つしか鑑定できていないのによく言うのね。しかも、魔石の種類もわからないなんて」

「お前なんか一つもやってないだろっ！　文句ばっかり言いやが――」

ラルクが鑑定した石を、アナスタシアが指さす。

「レッドラピス」

魔法陣が描かれ、【鉱石採掘（バルバラ）】が発動する。

石が切り刻まれ、中からレッドラピスの原石が採掘された。

「ブルーラピス」

次の石にアナスタシアは【鉱石採掘（バルバラ）】を使う。

石から切り出されたのはブルーラピスの原石だ。

「ブルーラピス、グリーンラピス、レッドラピス、レッドラピス、石、石、レッドラピス、レッドラピス、ブルーラピス、石、石、レッドラピス……」

アナスタシアは宝箱の石をすべて、あっという間に鑑定し終え、更に【鉱石採掘（バルバラ）】で原石を切り出してしまった。

「おわかり？　わたくしはわたくし個人として優れているの。凡人が足を引っ張らないでちょうだい」

「お、お前、偉そうにっ！　謝れよっ！」

「事実を口にしたことを謝罪されても空(むな)しくありませんの？」

「お、お前なんか班にいれてやんねーぞっ！」

「けっこう」

アナスタシアはぷいっと顔を背けるように、教壇を向いた。

「セシル先生、新しい石をいただけますか？　一人でやりますわ」

「え、えーと、とりあえずどこか別の班に……」

しゅばっとシャノンが手を挙げた。

「シャノンのはん、ふたりだから、アナスタシアほしい！」

「あ、じゃ、そうしましょ。ね、アナスタシアさん」

と、セシルが言う。

「お断りですわ。お猿の面倒は見られませんもの」

険悪な空気が教室に漂う中、シャノンはお猿のポーズをリコルに見せていた。

§　§　§

アウグスト・レールヘイヴの邸宅。

「アナスタシア。友達とは仲良くしなければいけないよ」

担任のセシルから連絡を受けたアウグストは、帰ってきたアナスタシアを諭していた。

だが、彼女はふくれっ面のまま、そっぽを向いている。

「他人と仲良くするのも、魔導師の仕事だ。大魔法ほど、一人で開発することは困難になる」

「凡人がなんの役に立ちますの？」

「幻の魔石アダマンティンは、かつてなんの役にも立たないと言われていた。だが、研究が進み、大量のマナを保有していることがわかった」

アウグストが優しく説明する。

「君が彼らを見下す限りは、彼らが君に応えることはない」

「事実を指摘したら偉そうですの？　七光りだと言われて、黙っていなければいけませんのっ！　あんな論理性のない凡人と付き合っても、真理に辿り着けませんわっ‼」

「論理性と言うなら、君の行動の結果がこの状況だよ」

アナスタシアは下唇を噛み、目に涙を溜める。

「一端の魔導師のつもりなら、子どものように駄々をこねるのはやめなさい」

「うるさいですわっ!!」

キッとアナスタシアは、父親を睨む。

「お父様だって、友達が一人もいないくせに――――っ!!」

家中に響き渡るほどの大声で痛烈な事実を指摘し、アナスタシアは走り去っていったのだった。

§　§　§

湖の古城。応接間。

「で？」

アインは突然、訪ねてきたアウグストの相談に乗っていた。

ギーチェが不安そうに二人を見守っている。

「私も学院時代、世の中の九割は馬鹿だと思っていてね」

「本当に友達がいないから、うちに来たのか」

この上なくストレートにアインが言った。

「待て待て、六智聖だぞ」

と、ギーチェが苦言を呈する。

「構わないよ。相談できる相手がいないぐらいには事実だからね」

アウグストが柔らかな口調で言い、「はは」と笑う。

恐縮しつつ、ギーチェは苦笑いを浮かべる。

「そんな、ご謙遜を。六智聖アウグストと言えば、人望もお厚いでしょう」

「馬鹿に相談してまともな答えが返ってくるのかと思ってしまってねぇ」

「友達がいなくても、人生は終わりませんよ」

ものすごい変わり身でギーチェがフォローをした。

「オマエの方が失礼だぞ」

と、アインがつっこみを入れる。

「今のは半分冗談だよ。はは」

と、アウグストが言い、

《半分本気なのか……》

と、ギーチェの視線が口ほどに物を言う。

「ともあれ、誰も相談になど乗ってくれなくてねぇ。皆、私に教えるなどとんでもないことだと思っているようだよ」

僅かに哀愁を漂わせながら、アウグストが言う。

六智聖は世界最高の頭脳を称える学位だ。神聖視されるのも、無理からぬ話ではある。

「その点、君なら心配ない」

学位さえとれるのならば、歯車大系の祖であるアインは十二賢聖偉人になれる。アウグストより格上だ。自分に気後れすることもないだろうと思い、訪ねてきたのだろう。

「まあ……子どもってそんなもんだろ。オレも子どもの頃は、無能と付き合う時間はないと思っていた」

「やはり、そうかね」

「班行動しないぐらい可愛いもんだぜ。オレなんか、無意味な課題はしなかった」

「わかるよ。私も教師によく論争を仕掛けたものだよ」

「やるよな」

そんなやりとりを交わす二人を、ギーチェが引き気味に視線を送る。

《……ポンコツ父親同士で、まともな答えが出る気がしない……》

「母親はなんて言ってるんだ？」

アインが聞く。

「いやぁ、実は研究にかまけてしまってねぇ」

これまでにないほどの哀愁を漂わせ、アウグストが天を仰ぐ。

アインは言った。

「離婚か」

《離婚か、じゃない！》

ギーチェの心の声が、今にも口から出てきそうだった。

「あの子が私についてくると言ったんだよ。私の新魔法が楽しみだと言ってね。私の理解者になろうとしてくれたんだねぇ。実際、あの子はそれだけ賢かった」

それが悲しいことだというように、アウグストは目を伏せる。

「だけど、まだ三歳だったよ。そんなに早く大人にならなくともいい」

アウグストは寂しく笑う。

「私のように、友達がいなくなってしまうよ」

アインは真顔で思考する。

「最初はいたのか？」

率直すぎるアインの質問に、「傷口に塩を塗るな」とギーチェがつっこんだ。

特に気にした風でもなく、アウグストは言った。

「娘は君に懐いているようだ」

「生意気だぞ」

「甘えているんだよ。あの子は大抵の大人より賢いからね。君は彼女にとって、自分の知らないことを沢山知っている大人らしい大人だ」

アインはなるほど、と耳を傾ける。

「もし、ここに来たら話を聞いてあげてほしい」

「わかった」

急ぎの用があるらしく、アウグストは足早に去って行った。

「で？」

アインが応接間のドアを開ける。

隣室でアナスタシアが座り込んでいた。

「父親の気持ちはわかっただろ？　どうすんだ？」

アナスタシアは俯き、きゅっと唇を引き結んだ。

§2.　才能の価値

凡人は……嫌い。

『跡継ぎを産んであげたのに、あの人は指輪すら選んでくれたことがない』

わたくしが生まれたばかりの頃、お母様がよく言っていたこと。

彼女にとって、わたくしは宝石ではなかったのだ。

お父様の描く魔法陣が、美しくは見えなかったのだ。

——凡人は……嫌い。


二歳になって、初めて魔法を使った日のことをわたくしはよく覚えている。

『お母様、ご覧になって。魔法で指輪を作ったの』

『……やめて、アナスタシア。あなたは普通でいいのよ。あの人のようにはなりたくないでしょ……』

お母様は褒めてくれなかった。

一度も……。


——凡人は嫌い。

『六智聖の娘だからって、偉そうにすんなって言ってんだ！』

——凡人は才能を理解しない。

『お、お前なんか班にいれてやんねーぞっ！』

——凡人はわたくしを理解しない。誰一人。

それなら、いらない。

魔法一つあればいい。

誰に褒められなくとも、才能の価値を、わたくし自身が知っているのだから——

§　§　§

湖の古城。空き部屋。

「……ですから、友達なんかいりませんわ……」

膝を抱えながら、アナスタシアが言った。

しかし、アインは真顔でじっと彼女を見つめるばかりだ。

「……な、なんとか言いませんの？」

怖ず怖ずとアナスタシアが尋ねる。

「いや、しっかりしてんなと思ったけど、やっぱり子どもだな、オマエ」

「はぁっ!?　き、聞き捨てなりませんわっ！　どういうことですのっ!?」

途端にアナスタシアが抗議の声を上げる。

「ムキになるな。実際、子どもだろ」

「べ、別にムキになってはいませんけども……」

ばつが悪そうに、アナスタシアは顔を背ける。

「魔法一つあればいいなら、無理に友達を作らなくていいと思うぜ」

「……お説教いたしませんの？」

「説教するほど、友達がいないんでな」

一瞬を目を丸くして、アナスタシアはくすくすと笑った。

「お父様と同じですわね」

「知りたいことがあるなら教えてやるが、わざわざオマエのやり方に注文をつけるつもりはない。一端の魔導師だからな」

「……わたくしの学位は、仮のものですわ……お父様の力ですし……」

「学位の話じゃないぞ。オレなんか一つも持ってない」

率直な言葉に、アナスタシアはほんの少し興味を覚えたような顔をした。目の前にいるその魔導師なら、彼女が知りたい答えを知っているような気がしたのだ。

彼は表情を崩さず、それでも確信めいた風に言った。

「考えは変わるぜ。それが魔導師だ」

半信半疑ながら、彼女はその言葉を受け止める。

入り口の陰から、シャノンが覗いていた。

§　§　§

翌日。

アンデルデズン魔導学院幼等部。教室。

「それじゃ、今日も宝探しゲームをするわよ。三人一組で班を作ってちょうだい」

生徒たちが移動して、班を作っていく。

しかし、アナスタシアの元には誰も人が集まらず、彼女は一人ぽつんと孤立した。

「えっと……四人になってる班があるから、人数が少ないところに入ってくれるかな？」

セシルが生徒たちに言う。

けれども、彼らは躊躇ったように動き出さなかった。

「ね。ほら、アナスタシアさんが一人だから」

再度、セシルが生徒たちを促す。

「お前、行けよ」

「や、やだよ……！」

「アナスタシアちゃん、怖いし……」

「凡人とか猿とか言われちゃうもん」

腫れ物に触るように、彼らはアナスタシアを遠巻きに見ている。

「けっこう。一人でやりますわ」

「あー、うーん、でもね。他の人と協力するのも授業の一環だから……」

困ったようにセシルが言う。

ちょうどそのときだ。

「あ！　アナシーあいてる！　かんげい、シャノンのはん！」

我関せずちょこちょことしながら班員を探していたシャノンが、アナスタシアに声をかける。

不安そうにリコルが様子を窺っていた。

「アナシー？　わたくしのことですの？」

怪訝な顔をしながら、アナスタシアが聞く。

「シャノン、おさる！」

と、シャノンは猿のポーズで「ウキウキッ」と小躍りした。

次いでビシッとアナスタシアを指さす。

「……あ、あの、あだ名をつけてもらったから、アナスタシアさんにもつけてあげたみたいです」

怖ず怖ずとリコルがそう説明した。

「はあっ⁉　お猿はあだ名じゃないわよっ！　悪口！　わ・る・ぐ・ち！」

「あ、で、でも、シャノンちゃんはお猿、可愛いって……」

困ったようにリコルがシャノンを見る。

「アナシー、てれかくし」

想像だにしない台詞に、アナスタシアが絶句する。

「あれ？　そうなんだ」

「シャノンちゃんがお猿さん好きだから、お猿なんだ」

「あー、わかった！　アナシーって、強がりたいお年頃だ！」

あー、と生徒全員から覚えがあるといった同意の声が漏れた。

カーッとアナスタシアは顔を赤くする。

「ち、ち、違うわよっ‼　あとその庶民的なあだ名はやめてちょうだいっ！」

「ア・ナ・ス・タ・シ・ア」

アナスタシアの名前を発音しながら、シャノンがぽややんとした顔であだ名を考えている。

「アナシー！」

そうして、次の瞬間、得意げに言い放った。

「アナタ！」

「ただの二人称じゃありませんのっ!!」

アナスタシアは完全に翻弄されていた。

「たからさがし、するー」

最早、班に迎え入れたつもりでいるのか、シャノンは早速とばかりに宝箱から石を取り出す。

「ちょっと、開始の合図がまだではなくて？」

「まがん！」

ピカッとシャノンの魔眼が光り輝き、あまりの眩しさにこてんと倒れる。

「お猿っ、人の話を聞いてますのっ⁉」

たまらずアナスタシアが声を上げる。

「じゃ、じゃあ、みんなも始めて。宝探しスタートよ」

気を取り直してそうセシルが言うと、生徒たちが石を取り出し、魔眼で鑑定し始める。

「めがまっしろなた」

倒れたまま、シャノンは目をぱちくりとさせる。

「当たり前でしょうに。頭を使いなさいな」

シャノンはきょとんとした後、石に頭を押しつけ始めた。

「そうではなくて……」

呆れたようにアナスタシアはため息をつく。

「魔眼はなるべく均一に弱い魔力を目に集めるのがコツよ」

「なぜによわいほうがいいかな？」

シャノンが聞く。

すると、アナスタシアは羊皮紙に図を描き始めた。

「魔力のある物体、たとえば魔石からは魔力光が出るのね。この魔力光が目の魔力に当たった場合、どうなるかしら？」

シャノンは考え、勢いよく言った。

「ばくはつする！」

「大惨事になりますわ！」

アナスタシアが力一杯否定した。

「でしたら、そうね……弱い魔力に魔力光が当たったら、どうかしら？」

シャノンの頭の中で、弱い魔力と魔力光が戦う。

弱い＝敗北の方程式だった。

「まけちゃう！」

「そうよ、そう。わかるじゃないの。それでね、負けてしまったら、魔力は変質するの」

「へんしつ?」

シャノンは頭に『?』を浮かべた。

「まあ、色が変わったりね。青とか」

「まけたら、いろかわるか⁉」

恐怖に震えながらも、シャノンが問う。

彼女の頭の中では、擬人化された弱い魔力が真っ青になっていた。

「ですから、青い光が見えたら魔力だってわかるし、石が青く光ったら魔石の証拠。それが魔力を見る目、魔眼の原理なのね」

アナスタシアは更に羊皮紙に図を追加する。

「ですけど、目に強い魔力を集めると、魔力光が当たっても——」

「かつ!」

堂々とシャノンは言った。

彼女の頭の中では、擬人化された筋骨隆々の強い魔力が、魔力光を倒していた。

「そういうことね。勝ってしまったら魔力は変質しないから、目にはなにも見えないの。小さな魔力を見るためには、できるだけ小さな魔力を目に集めなきゃだめってことよ」

「つおいまりょくは、やくたたず?」

「最初はそうよ。まずは弱い魔力を操れるようになってから」

アナスタシアの説明に、シャノンは納得したようだった。

「アナシー、かしこいっ！」

「すごいよね。先生みたい」

シャノンが褒めると、リコルもそれに同意し、小さく拍手をしていた。

「……さっさと始めるわよ」

アナスタシアは石を取り出し、素早く鑑定していく。

その横でシャノンは魔眼をカッと光らせ、くらくらしていた。

「ですからっ……‼」

なにかを言おうとして、アナスタシアは思いとどまる。

再び彼女は石を見つめた。

「……お猿、アインにわたくしと仲良くしろとでも言われたの？」

シャノンは首をかしげる。

その綺麗な顔に、ほんの僅か罪悪感を滲ませて、アナスタシアは言う。

「正直、わたくしはあなたを見下してるわよ」

「シャノンもアナシーみくだしてる！」

シャノンは思いっきり背伸びをして、精一杯視線を下に向けた。最早、変顔の領域だ。

「はあっ⁉　なんでよっ⁉　あなたのどこがわたくしより勝っているっておっしゃるのっ⁉」

腰に手を当て、得意満面にシャノンは言い放った。

「のびしろ！」

アナスタシアは唖然とするしかない。

自身がお猿と見下すポンコツ少女が、のびしろ一つを根拠に張り合ってくるとは思いもよらなかったのだ。

「じゃ……どうしてわたくしを班に誘ったの？」

「だって、アナシーてんさいでしょ」

指を一本立て、さらりとシャノンは言った。

「アナシーいれば、シャノンのはん、しょうりかくじつ！」

にんまりとシャノンは笑う。

そんな彼女を驚いたようにアナスタシアは見返していた。

自らの言葉が、脳裏に繰り返される。


――凡人は嫌い。

――凡人はわたくしを理解しない。


だが、目の前の幼い少女は、お猿と呼ばれ、見下されても一切気にせず、才能一つでアナスタシアを班に誘ったのだ。

その価値を知っているかのように。

「現金なこと」

アナスタシアは優雅に微笑み、シャノンに言った。

「いいわ。勝たせてあげるわよ」

アナスタシアの心境に僅かな変化が見えた頃、シャノンは魔眼をピカッと光らせ、くらくらしていたのだった。

§３．ピクニック

湖の古城。玉座の間。

シャノンがリュックサックにバナナを入れ、続いて石で作ったゲズワーズを入れる。

「かんせい！」

パンパンに膨らんだ鞄を前にして、シャノンはご満悦だ。

「……オマエ、その鞄どうした？」

不思議そうにアインが聞く。

そんな鞄を買った覚えがなかったのだ。

シャノンはリュックサックを背負い、ぴょんっと跳ねる。

「だでぃにもらた！」

「なに……？」

と、アインはくつろいでいたギーチェを振り向く。

「友達とピクニックに行くなら、可愛らしい鞄も必要だろう」

「ピクニック？　聞いてないぞっ」

「だでぃにいった！」

天真爛漫にシャノンが言う。

「研究ばかりにかまけて、娘の話を聞いてやらないからだな」

ため息交じりに言い、ギーチェはこれ見よがしに首を左右に振った。

「ピクニックの話を教えてもらったぐらいで、なにを勝ち誇ってやがる？」

すると、ギーチェはアインの肩に手を置き、諭すように言った。

「アイン。第一位階魔法も使えない魔導師が、第十位階魔法を使えるか？」

アインがはっとする。

ここぞとばかりにたたみ掛けるべく、ギーチェはこの世の真理を口にした。

「ピクニックの相談もされない父親が、なんの相談をされるというんだ?」

「う……!?」

アインは途方もない衝撃を受ける。

彼の脳裏をよぎったのは、将来の光景——

『シャノン、せいぐんにはいるから、ぐんたいのべんきょうしてる』

『聖軍? 聞いてないぞっ』

『だでぃにいった!』

それは、父親である自分には一切相談されずに、娘が進む道を決めてしまう悲劇であった。

アインは威風堂々、覇気のある表情に変わる。

彼は世紀の大発明に挑む部下たちを鼓舞する大魔導師の如く大声を上げた。

「シャノン! 悩み事を言え!」

「ぱぱがへん!」

アインは力一杯拳を握る。

「よし! 深刻な相談だ!」

「ほんとにな」

ギーチェが冷静につっこみを入れる。

そのとき、リーン、と呼び鈴が鳴る。

「今後はオレの知らないことはこのノートに書け。絶対に書き漏らすなよ」

「そんなものを読んでいる暇があったらもっと娘に構ってやれ」

教育方針の違いにより対立するアインとギーチェ。そんな父親二人に、容赦なくシャノンは言った。

「ぱぱ。だでぃ。あそんでないで、シャノン、みおくって」

楽しげに歩くシャノンの後ろを、すごすごとアインたちはついていく。

エントランスに到着すると、

「ちょっと待て。友達とピクニックって言ったな？　子どもだけで行くつもりか？」

アインがはたと気がつき、心配そうに言う。

「学院敷地(しきち)の丘までだ。学区内は治安もいい。不審な魔力が感知されれば、すぐ都市防衛隊が駆けつける」

ギーチェがそう言葉を返す。

「それはそうだが、子どもだけで万一があったらどうするつもりだ？」

「あら？　でしたら、エスコートしてくださいますの？」

シャノンが扉を開くと、アナスタシアがそこに立っていた。

「なるほど。夜盗の集団が来ても踏み潰せるな」

「過剰戦力だ」

アインとギーチェがそんな会話を交わす。

「ちょっと、失礼じゃありませんことっ⁉」

「アナシー、いこー」

そう口にして、シャノンが勢いよく走って行く。

「あ、こら。待ちなさいよっ！」

アナスタシアがそう声を上げるも、シャノンは脇目も振らずダッシュしている。はあ、とため息をつき、彼女はアインたちに向き直る。

「では、お父様方、お嬢様をお預かりいたしますわ」

と、アナスタシアが優雅にお辞儀をする。

「オマエも知らない奴(やつ)にはついていくなよ」

「馬鹿にしているんですのっ？　ついていくわけがありませんわっ！」

「よし。学区外に行くなよ。なにかあったらすぐ【魔音通話(テスラ)】を送れ」

驚いたような顔で彼女はアインを見返す。

アナスタシアは齢(よわい)五歳にして魔導学界の至宝とまで呼ばれるほどの魔導師だ。年相応の心配など殆(ほとん)どされたこともなかったのだろう。

戸惑ったように彼女は視線をそらす。

「気をつけろよ」

「……え、ええ。行って参りますわ……」

照れたようにアナスタシアは言い、シャノンを追いかけていった。

§　§　§

夕暮れ前――

魔導工房から出てきたアインは、その足で玉座の間に向かった。

ギーチェはシャノンが散らかしたおもちゃを片付けている。

「シャノンは？」

「一時間もすれば帰ってくるだろう」

「そうだな」

そう答え、アインはなにをするでもなく、ウロウロと室内を歩き回る。

ギーチェはため息をつく。

「心配なら、連絡することだ」

「馬鹿者。帰宅は一七時予定だぜ。まだ日が高い内に連絡すれば、オレがあたかも心配性の親バカだ」

「事実だろう」

冷静にギーチェが言った。

変わらず、アインは落ち着かない様子でウロウロと歩き回っている。

「アイン」

ギーチェはボロボロの残骸としか思えない謎の物体を手に取る。シャノンが【加工器物(リレイス)】の歯車で作ったものだ。

「これは捨てていいかわかるか？」

そう助け船を出した。

「シャノンに聞く」

そう口にしてアインは【魔音通話(テスラ)】を使った。

「シャノン、聞こえるか？」

数秒が経過する。

「シャノン？」

アインは表情を険しくする。

ギーチェもそれに気がついたようだ。

「どうしたんだ？」

「【魔音通話(テスラ)】が通じない」

そのとき、リーン、と呼び鈴が鳴る。

エントランスまで移動し、玄関の扉を開ける。来訪者は六智聖の一人、アウグストだった。

彼は深刻そうな表情で切り出した。

「アナスタシアと【魔音通話(テスラ)】が通じない。心当たりはないかい？」

ギーチェとアインが視線を鋭くする。

§　§　§

湖の古城。エントランス。

アインは机に地図を広げていた。

「以前にシャノンが狙われてたな。そいつの仲間が狙ってくるかは定(さだ)かじゃなかったが、ある器工魔法陣を持たせてある。定期的に小さな魔力を出すだけの歯車だが――」

地図に魔法陣が描かれ、ドーム状の魔法球が構築される。

【魔音探索(ディイムド)】の魔法だ。耳には聞こえない魔音を干渉させることで、その範囲内にある特定の魔力を捉えることができる。

「反応した」

アインが地図上の一点を指し示す。

「ディグセーヌ村落」

アインがそう口にする。

アウグストの表情がますます険しくなっていた。

「ここは確か、魔石病の病原地域だったはずだ。聖軍により封印区域に指定され、魔法結界が張り巡らされている。人は入れない」

「正確には入る理由がない、だろ？　まともな魔導師ならな」

アインが言った。

「禁呪魔導組織【白樹】。以前、シャノンを狙ったのは、そこに属する魔導師かもしれないのですが」

そう前置きをして、ギーチェはアウグストに説明する。

「聖軍が探っても、拠点らしい拠点が見つかっていません。本来侵入が不可能なはずの封印区域にあるのではとの見方が有力です。断定はできませんが……」

「これだけ条件が揃えば、決まったようなもんだろ」

アインがはっきりと結論を口にする。

「シャノンとアナスタシアが連れ去られたこの場所が、禁呪研究を行う【白樹】の魔導工房だ」

§4. 本拠地侵入

ディグセーヌ村落周辺。

封印区域には大規模な結界が張られていた。器工魔法陣を使ったものであり、ディグセーヌ地域一帯を丸々覆っている。

「地図からすると、シャノンの反応があったのはこの内側だな」

アインが言う。

アウグストが杖（つえ）でその結界を叩（たた）くと、表面には魔力の波紋が立った。

彼は魔眼でそれを解析している。

「器工魔法陣の不備で、結界が弱まっているわけではないようだ」

アウグストが言う。

続いて、ギーチェが説明した。

「封印区域に使用される結界は、第十三位階魔法【封樹葉壁結界（ダズ・アステム）】です。一級魔導師の中でも破れるのはごく僅か。穴が空けば、聖軍で感知できます」

「【封樹葉壁結界(ダズ・アステム)】は本来魔音も通さない。シャノンの歯車に反応したってことは、どこかに抜け道がある」

そう言って、アインが球体の魔法陣を描く。

「【魔音探索(ディムド)】」

魔音が鳴り、球体の魔法陣に反応が現れる。アインはそれを魔眼で観察した。

彼は歩き出す。

「見つけたぞ」

と、彼は【封樹葉壁結界(ダズ・アステム)】に手を伸ばした。本来は外敵を阻(はば)むはずの結界を、指先はするりと抜けた。

「偽装結界だ」

「器工魔法陣に細工をしたんだろうね。中にいるのは、並の魔導師ではなさそうだ」

アウグストが言った。

「魔石病は原因も、治療法もありません。封印区域内では感染する恐れがあります」

険しい表情でギーチェが言う。

魔石病を研究していた彼には、よりはっきりとその恐ろしさがわかったことだろう。

そもそも、だからこそ病原地域であるディグセーヌ村落周辺は封印されているのだ。人の立ち入りができる状態になっていれば、瞬(またた)く間に感染が拡大してしまう。

だろ」

「【白樹(はくじゅ)】は魔導師だぜ。それも一流の。魔導工房が中にあるのは安全の確認がとれてるから

魔導師は合理的な判断をする。禁呪研究を行う【白樹(はくじゅ)】といえども、それは例外ではない。

不治の病が蔓延(はびこ)るまっただ中に、わざわざ魔導工房を作るなどありえない。

なんらかの方法で、彼らは魔石病の危険はないと判断したのだ。

「病原体を見つける手段さえまだ研究中だ」

「まともなやり方ならな」

ギーチェの反論に、すぐさまアインは言った。

「魔法で感染しやすくした人間を何人か封印区域に放り込めばいい。全員魔石にならなきゃ安全だ」

無論、聖軍や魔法省にはできない非人道的な検証方法だが、魔法協定を完全に無視する【白樹(はくじゅ)】ならばどうということはないだろう。

「よくそんなろくでもないことを思いつく」

ぼやくようにギーチェが言う。

「できることをできるというのが魔導師だ」

はあ、とギーチェはため息をつく。

「三人で踏み込む現場じゃない」

「聖軍の応援を待っている余裕はないぞ。シャノンたちがどうなるかわからん」

アインが言う。

「心配はいらないよ」

アウグストが余裕をたたえながら言った。

「私はこれでも、ちょっとだけ魔法が得意だからね」

§　§　§

【白樹】本拠地。洋館。

薄暗い室内に数人の魔導師が集まっている。

彼らが見ているのは、魔法球だ。そこには屋敷に入ってきたアイン、ギーチェ、アウグストの姿が映っている。

「聖軍実験部隊黒竜の隊長ギーチェ。六智聖、【鉱聖】アウグスト。こいつは誰だ？　知らんな」

オルテガが言った。スキンヘッドの大男だ。

法衣を纏い、鎧を身につけている。

「雑魚はどうでもいい」

続いて発言したのは、名はグルナッシュ。ナイフのように鋭い目つきをした男だ。法衣を身につけている。

「聖軍だけでも面倒な上、六智聖はまずい。ここは破棄すべきだ」

「あの三人を始末しても、次は聖軍の本隊だしのう」

長い髭の老人が言った。彼も法衣姿だ。

「とはいえ、すぐには難しかろう。接収されたくない研究がごまんとある」

「厄介事を。元々貴様が【石姫】などさらってきたからだろう、アリゴテ」

グルナッシュが、その男――アリゴテを睨む。

両眼を覆う眼帯をつけている。少し長めの髪だ。目が隠れており定かではないが、総魔大臣ゴルベルド・アデムによく似た風貌をしていた。

「この拠点は捨てる。各々、研究の破棄を行え」

アリゴテが言う。

眼帯をつけてはいるものの、彼には視界がないといった不自由さは感じられない。

「オルテガ、グルナッシュ、シャルドネ。お前たちは時間稼ぎだ」

「時間稼ぎのう」

含みをもたせて言い、シャルドネが顎に手をやる。

「因縁のある相手もいるようだ。始末してもらっても構わない」

アリゴテの言葉に、ニタリとシャルドネが笑った。

§　§　§

客室。

幼い手が壁を叩く。

魔眼を光らせ、アナスタシアは室内を睨んだ。

《【封石魔岩結界】の壁……壊せそうにないわね。通信魔法もだめ。迂闊でしたわ》

脱出方法を探りながらも、アナスタシアは自省する。

《わたくしとしたことが、魔導師の接近に気がつかないなんて……》

ピクニックをしていたアナスタシアは不意をつかれ、【白樹】の魔導師アリゴテに気絶させられてしまったのだ。

【石姫】を相手に、それができる魔導師は数えるほどしかいないだろう。

「アナシー、これでドアぶっこわす」

シャノンがアナスタシアに尖った石を見せる。

「そんなんじゃ傷一つつかないわよ。というか、それどうしたの？」

「ピクニックでひろた！　ぶき！」

ガンガン、とシャノンは尖(とが)った石でドアを叩(たた)くが、アナスタシアの言うとおり傷一つつかない。

だが、シャノンの表情は暗くない。誘拐されていることはわかっているはずだが、いつもの調子だった。

《シャノンだけでもどうにか逃がさないと……わたくしは【石姫】なんだから……》

ガチャ、とドアが開く。

入ってきたのは、眼帯の魔導師アリゴテだ。

「わるいやつ！　シャノンたちをかいほうせよ！」

シャノンがビシッと指をさす。

アリゴテが彼女に視線を向けた。

《今……！　一瞬でも怯(ひる)ませれば、あそこから逃げられるわ！》

アナスタシアが魔法陣を描く。

第一位階魔法【岩石弩(ゴルド)】。

その攻撃に、アリゴテはすぐさま反応した。

《不意をついたつもりか。所詮は子どもだ》

《――と、思ってるでしょ！》

アリゴテの背後、シャノンが手にした石に魔法陣が描かれている。【岩石弩(ゴルド)】には石の生成、射出の二段階がある。

だが、すでに存在する石を使うのであれば、生成の工程は省略できる。

《食らいなさい！》

死角から、シャノンの石が射出され、アリゴテの後頭部に迫る。

しかし、彼はそちらを振り向くことすらなく、ピンポイントで魔法障壁を張り、【岩石弩（ゴルド）】を防いでのけた。

「……!?」

アナスタシアが目を見開く。

瞬間、ガギッと彼女は杖（つえ）で殴り飛ばされる。床に倒れ込んだアナスタシアが、反撃しようと顔を上げると、目の前に真っ赤な炎がちらついた。

「【爆砕魔炎砲（ボルクス）】」

歯を食いしばるアナスタシア。

「ひどいやつっ！　ゆるさないぞっ！」

アナスタシアが息を呑（の）む。

【爆砕魔炎砲（ボルクス）】の射線上、アナスタシアをかばうようにシャノンが立ちはだかったのだ。

「シャノンがあいてする！」

アリゴテはシャノンを見つめる。

そして、【爆砕魔炎砲】を射出せずに消した。

「【飛空】」

魔法陣を描き、アリゴテはシャノンを浮かばせる。彼女はバタバタと手足を動かすが、空中にいるため抵抗できない。

そのままアリゴテはシャノンをつれ、踵を返した。

「お待ちなさいっ！　勝手な真似は——」

魔法にて反撃しようとしたアナスタシアだったが、僅かに振り向いたアリゴテに、気圧されてしまう。

実力差が大きすぎる。なにより、戦闘の経験が違いすぎた。剥き出しの殺気を初めて感じ、アナスタシアは足がすくんでしまった。

そのままアリゴテが去っていくのを見過ごすのが、魔導師として最も合理的な選択だ。

目に涙を浮かべ、アナスタシアは震える拳を握った。

《……動いて……わたくしは、シャノンを助けなきゃ……》

「アナシー、だいじょうぶ」

宙に浮かされながら、シャノンが両拳を握る。

「ぱぱたすけにくるから、シャノンたちむてき！」

そうシャノンは笑顔で友達を励ます。

バタン、とドアが閉められた。

§　§　§

エントランス。

ドガァッとドアが吹き飛んだ。

アイン、ギーチェ、アウグストの三人が屋敷(やしき)の中へ入ってくる。

「シャノンの場所はわかるのか？」

ギーチェが問う。

「上だな。三階か、四階。それ以上はわからんが……」

アインが答えたそのとき、氷の塊が飛来した。

アウグストが魔法障壁を張り、それを遮断する。

現れたのはオルテガ、グルナッシュ、シャルドネである。

「まずはアレを片付ける」

そうアインが言った。

§5. 魔導師の主義

洋館。エントランス。

「ほう」

目つきの鋭い男、グルナッシュがアインを睨(にら)む。

「一番下(した)っ端(ぱ)が大きく出るものだ」

「事実だ。禁呪研究など馬鹿な魔導師の逃げ道にすぎん」

アインの挑発に、オルテガ、グルナッシュ、シャルドネが殺気立つ。

「なんだと?」

「ルールを破らなければ、目的の魔法一つ開発できない。そんな空っぽの頭で、オレには勝てん」

プライドに障(さわ)ったか、グルナッシュがアインを更に強く睨(ね)めつける。

オルテガ、シャルドネも穏やかならぬ様子だ。

『挑発はまあまあ効いたようだ』

アインが二人に【魔音通話(テスラ)】を送る。

『先にシャノンたちを助けたい。攻撃すると見せかけて、ここを突破する』

『了解した』

ギーチェが答える。

『援護しよう』

アウグストが言った。

「【爆砕魔炎砲(ボルクス)】」

アインが放った炎弾が、オルテガたちに襲いかかり、派手に爆発した。

シャルドネの張った魔法障壁により、三人は無傷。だが、構わず、アインはまっすぐ彼らに向かって走っていく。

「来な。ひねり潰してやる」

オルテガがその右手に魔力を集中し、アインを迎え撃つため、どっしりと構えた。

アインは【爆砕魔炎砲(ボルクス)】でできた瓦礫(がれき)を拾い、素早く投擲(とうてき)する。

魔眼を光らせたグルナッシュはそれを軽く手でつかんだ。

瞬間、【飛空(レフ)】の魔法にて、アインは大きく飛翔(ひしょう)した。三人の頭を越えて、そのまま天井を目指す。

「【岩石変形(ベーダ)】」

　アウグストの魔法により、天井が変形して穴ができた。

「逃がす――」

「【封石魔岩結界(バディオウルズ)】」

　オルテガが飛んだ瞬間、床から何本もの柱がせり出していき、彼らを閉じ込める牢獄(ろうごく)に変形した。

　アウグストは瞬(また)く間(ま)に結界を構築したのだ。

「ちっ！」

「よいよい」

　舌打ちするオルテガに、シャルドネが言う。

「上はグルナッシュに任せれば大事ないわい」

　アウグストが視線を鋭くする。【封石魔岩結界(バディオウルズ)】に閉じ込められているのはオルテガとシャルドネの二人だけだった。

《……一人逃がしたか》

§　§　§

　アウグストの空けた穴を抜け、三階まで上昇したアインは着地する。

すぐさまその部屋を出て、魔眼を光らせながら、彼は廊下をまっすぐ走っていく。

《アナスタシアを閉じ込めるには結界内でなければ不可能だ。それらしき魔力があるのはこの先――》

そこまで思考すると、ギーチェから【魔音通話（テスラ）】が届いた。

『アイン。一人そっちを追った。気をつけろ』

アインははっとする。

瞬間、足元に雷が走った。

咄嗟（とっさ）に飛び退（の）き、彼はそれを回避する。下階から床を突き破ってきたその雷は、かくんと角度を変え、アインの周囲を旋回し始める。

《迅雷大系（じんらいたいけい）か》

雷が向かってくるのに合わせ、アインは魔法陣を向けた。

「【嵐従風刃魔導竜巻（レイ・ルシルフィン）】」

風の刃が吹きすさび、雷と衝突する。絶縁特性が強い風轟大系（ふうごうたいけい）の魔法は、雷撃を切り刻む。

そのはずだったが、雷撃は逆に【嵐従風刃魔導竜巻（レイ・ルシルフィン）】を撃ち抜いた。

《絶縁特性が強い風轟大系（ふうごうたいけい）と衝突して、雷撃の威力が衰えない？》

アインは魔法障壁を展開する。

だが、その雷は魔法障壁を避けた。寸前で身を捻（ひね）るが、アインの肩が雷撃に撃ち抜かれる。

苦痛を解さず、彼はすぐに魔眼で索敵する。

《近くに術者の気配がない》

「なるほど。術者自らが雷化する魔法か」

「存外、早く気がつくものだな」

雷が動きを止め、人型をなしていく。

姿を現したのは鋭い目つきをした魔導師、グルナッシュである。彼はバチバチと全身に雷を纏っている。

「【魔変雷化】。表の魔導師には辿り着けない。これが禁呪というものだ」

グルナッシュは再び雷と化し、アインの周囲を飛び回る。

まさに雷のような速度で天井や床、壁を跳ね返る姿を、目で捉えることすら容易ではない。

その雷撃がアインの五体を何度もかすめ、じわじわと彼を追い詰めていく。

「禁呪研究が逃げ道だと？　矮小な魔法しか開発できぬ雑魚ほど、道徳を語り出す。魔導師に必要なものは」

突っ込んできたグルナッシュを、アインが全方位に展開した魔法障壁で抑えにかかる。

だが、その瞬間、大量の魔力が迸り、雷が増大した。

「真理だ！」

魔法障壁が粉々に砕け散り、アインの体を撃ち抜く。

グルナッシュの雷は再び人型に近い状態に戻った。

「なにを勘違いしているかしらんが、道徳を語った覚えはない」

グルナッシュが魔眼を光らせる。

アインは何事もなかったかのように身を起こした。

《まだ動く……？　あの距離でかわしたのか？》

ゆっくりと手を伸ばし、アインは不敵に笑う。

挑発するように彼は言った。

「禁呪に手を染めておきながら、この程度かという話だ」

§6．魔法の時流

「禁呪に手を染めておきながら、この程度かという話だ」

グルナッシュが苛立（いらだ）ったように睨（にら）みつけてくる。

瞬間、アインは魔法陣を複数描いた。

「【魔炎砲（ボルク）】」

いくつもの炎弾がグルナッシュに迫るが、彼は避けようとも、防ごうともしない。

その体に【魔炎砲(ボルク)】が直撃する。だが、炎弾はすり抜けるように貫通してしまった。

グルナッシュは無傷だ。

「この程度？【魔変雷化(デドゼアル)】は攻防一体の魔法だ。雷化(らいか)した体に傷はつかない」

雷を迸(ほとばし)らせ、彼は言う。

「これを破る方法は一つ。第十位階以上の膨大な魔力で押しつぶすしかない」

「第十位階魔法か」

アインは魔眼を光らせながら、男の一挙手一投足に気を配る。

「使わせたいのか？　それとも、使わせたくないのか？」

「それを自分で考えるのが魔導師だ。下っ端(したっぱ)！」

グルナッシュが床を蹴る。

すると、その体は文字通り雷と化した。雷鳴を轟(とどろ)かせながら、彼はジグザグに宙を疾走した。

アインが全方位に魔法障壁を張り巡らせる。

【魔変雷化(デドゼアル)】はそれをものともせず砕き、アインを強襲する。

だが、またしてもかわしている。

「【魔雷撃(ジスタ)】」

アインは電撃を放つ。それはグルナッシュを捉えたが、雷化した奴(やつ)の体はそれを吸収した。

《電撃を取り込み、魔法出力が増したか》

魔眼を光らせ、アインが分析する。

「大量の電撃を吸収させ、術式の暴走でも狙ってみるか？」

不敵に言って、グルナッシュは再び雷撃と化す。

アインは全方位に魔法障壁を展開し、静かに魔眼を光らせた。

「なるほど」

なにかに気がついたか、グルナッシュは途中でかくんと軌道を変えた。彼はアインの周囲を回るように、飛び跳ね始める。

【魔変雷化（デドゼアル）】の速度が作り出す残像は、さながら雷の檻（おり）だ。

「魔法障壁は防御ではなく、雷撃軌道を絞り込むためのものか」

全方位に魔法障壁を張り巡らせれば、【魔変雷化（デドゼアル）】が通った箇所のみに穴が空く。

目にも留まらぬ速度といえど、攻撃が来る方向がわかれば、対処は可能だ。

「多少は頭が回るようだが」

全方位から、雷化したグルナッシュが襲いかかる。アインは狙わずに、グルナッシュは魔法障壁のみに雷撃を食らわせていく。

ドーム状の魔法障壁がすべて砕け散った。

「これで終わりだ」

アインの背後から、雷撃が直進した。

今度こそ当たる――グルナッシュの確信とは裏腹に、彼はまたしてもそれを回避した。

「……なに？」

「確かに攻防一体だが――」

アインは言った。

「雷化の弊害で魔眼の働きが不安定だ」

魔眼の基礎は、目に薄く魔力を纏わせること。【魔変雷化】は、雷化により全身から強い魔力を発することになるため、魔眼を扱いにくいのだ。

つまり、魔法を見る力が弱くなる。

「オマエ、オレがどうやって避けてるか、見えてないだろ」

「ほざけっ！」

グルナッシュは魔法陣を描く。

雷化したその体から電流が魔法陣に流れ、魔力が膨れ上がった。

「【轟電魔雷砲】」

魔法陣の中心に集まっていく雷が、弾丸の如く撃ち出される。

だが、アインはすでに対策の魔法を行使していた。

「【魔導避雷針】」

地面から細長い針が生成される。それは雷を引き寄せる特性を持つ魔導避雷針。【轟電魔雷砲（ジステド）】を引き寄せ、狙いを逸（そ）らした。

だが、迅雷魔法への対策は織り込み済みであったか、その間にグルナッシュの姿が消えていた。

アインが索敵しようとした瞬間、床が崩れ、雷が下から走った。

《捉えた……！》

グルナッシュがそう確信した。

だが――

「【加速歯車魔導連結二輪（ジルクセイド・トルテ）】」

加速歯車が回転し、アインの速度が瞬間的に底上げされる。

足元からの落雷を、彼は寸前で回避していた。

二の矢とばかりに雷の手刀が落雷するように振り下ろされるも、アインは加速歯車を回転させ、それを回避する。

そのまま、彼は飛び退（の）き、距離をとった。

グルナッシュが追撃しようとして、しかし踏みとどまる。

「――【魔導避雷針（ソグラデム）】」

アインが前方に、いくつもの魔導避雷針をバラまく。グルナッシュの視線が険しさを増した。

「雷化した体は魔導避雷針に誘導されるんだろ？　だから、オマエは自由に動くことができず、一旦この通路から出て、床を破壊した。【魔導避雷針(ソグラデム)】を遠ざけるためにな」

「ふん。歯車大系か」

グルナッシュが鼻で笑う。

「新魔法をいち早く身につけただけで時流に乗ったと勘違いする魔導師は腐るほど見た」

彼はまるで動じておらず、そう言葉を返す。

「魔法とは新しさを競うものではない！」

魔導避雷針がバラまかれた通路を、グルナッシュは雷の如(ごと)く疾走した。

「魔導避雷針に誘導されるだと？　着眼点も陳腐だな、下っ端(したっぱ)ぁっ!!」

突っ込んできたグルナッシュを、アインは【加速歯車魔導連結二輪(ジルクセイド・トルテ)】にてかわす。

魔導避雷針の間を縫いながらも、グルナッシュは見事にアインの周囲を飛び跳ね、襲いかかる。

激しい雷撃の嵐をアインは見切り、すべてをかわした。

それは誘いであったか、彼が飛び退(との)いたその場所には、魔導避雷針がなかった。

アインが背後に魔眼を向けた。

そこにグルナッシュが飛ばしていた電撃があった。

雷は五つの魔法陣を描いている。

「【轟電魔雷砲(ジステド)】！」

雷の弾丸が五本、雷光の線を引く。

「【加速歯車魔導連結四輪(ジルクセイド・バッツェ)】」

四つの歯車魔法陣が回転し、アインが急加速する。体をかすめたが、ぎりぎりのところで五発の【轟電魔雷砲(ジステド)】を避け切った。

その隙をめがけ、雷撃と化したグルナッシュが突っ込んでくる。

「【魔導避雷針(ソグラデム)】」

グルナッシュの進行方向に魔導避雷針が生成される。そのまま当たるかに思えた次の瞬間、グルナッシュは進行方向を変え、アインの側面に回った。

《準備した魔法を撃ち切ったな。この対術距離ならば、二発目はな――!?》

そう思考し、迷わず突っ込んだグルナッシュが、魔力の砲弾に撃ち抜かれる。

第零位階魔法【零砲(ロア)】。

第一位階魔法が間に合わない状況を作れば、常時発動している【魔変雷化(デドゼアル)】の有利と判断するのが当たり前の考えだ。

ゆえにアインは、それを誘ったのだ。

《ただの魔力の砲弾などで》

だが、グルナッシュの雷はいとも容易(たやす)く押し返される。

彼ははっとした。

その体に魔導避雷針が刺さっていたのだ。

《魔導避雷針……⁉　先ほどの魔法で撃ちだしたのか……‼》

勢いよく飛んでいく魔導避雷針に貫かれたまま、グルナッシュは壁に磔(はりつけ)にされた。

アインは床に刺さっていた魔導避雷針を二本拾い上げ、グルナッシュに投げた。

それは頭部と左肩に突き刺さる。

「ぐぅ……がぁ……‼」

すると雷化した体は、魔導避雷針に引きつけられるように、三つに分けられた。

「【魔変雷化(デドゼアル)】を解除すれば束縛は解けるが、頭と胴体が分かれてるんじゃ自殺行為だ。仲間が来るまでそうしていろ」

「……対術距離の魔法……あれは……まさか……貴様が……」

驚愕(きょうがく)の目で、グルナッシュはアインを見た。

魔導師ならば、知っていることがある。

七〇〇年ぶりの偉業を成した者の名は、公開されていないということを。

「時流がどうのと言っていたが、乗ってどうするんだ？」

そう口にして、アインは颯爽(さっそう)と踵(きびす)を返(かえ)す。

「時流は作るものだ」

そのまま、まっすぐ彼はシャノンたちの救出へと向かった。

§7. 【六智聖選定の儀】

【白樹(はくじゅ)】本拠地――洋館。エントランス。

オルテガとシャルドネを閉じ込めた【封石魔岩結界(バディオウルズ)】に、アウグストは魔法陣を描いた。

「【白石魔獄牢球(デイモン・デイオンズ)】」

【封石魔岩結界(バディオウルズ)】の全方位を純白の石が覆っていき、それは球状の牢獄(ろうごく)と化した。

生半可な力では傷一つつかず、魔法の耐性もある白石の結界である。

並の魔導師なら閉じ込められたが最後、出ることはできない。

だが――

「【呪枝根死滅樹(ガヴル・ヘドモン)】」

【白石魔獄牢球(デイモン・デイオンズ)】の内側から無数の枝が伸び、白石を突き破った。

白石の結界はボロボロと砂のように崩れ落ちた。

そこには根のような枝を持った不気味な大樹が生えている。

無数の枝根がうねうねと蠢きながら伸びていき、アウグストへ襲いかかった。

剣閃が走る。

一歩前へ出たギーチェが、【呪枝根死滅樹】の枝根を斬り落とした。

「ハッ！」

飛び上がった巨体が、大剣を振り上げる。

オルテガが突き出したその剣を、ギーチェは僅かに身を引いてかわす。そのまま大剣は床を貫いた。

ギーチェが踏み込む。その瞬間、足場がぐらりと揺れた。

オルテガがその大剣で、床の一部ごとギーチェを持ち上げたのだ。

「死にな」

強化魔法を使っているのか、オルテガはギーチェを載せたまま石の床を頭上へ投げつけた。

みるみる天井が迫る。激突の直前、ギーチェは刀を閃かせた。天井が斬り裂かれ、僅かにできた隙間に彼は飛び込んだ。

ギーチェは二階に着地する。

「なあ。取引しねえか？」

アウグストが空けた穴から、オルテガが上がってきていた。

「お前を始末してもこっちに得はねえんだ。【白樹】はいなかったと聖軍に報告すれば、見逃してやるよ」

大剣を肩に担ぐようにして、オルテガはそう言った。

「協定違反者との交渉には応じない」

刀を構え、ギーチェは実直に回答した。

「ただちに武装を解除し、すべての魔法研究を引き渡せ」

§　§　§

エントランス。

アウグストは天井の穴に注意を向ける。

「…………」

「仲間を気にかける余裕があるのかのう、アウグスト」

しわがれた声が響く。

「このわしの前で」

まるでアウグストと旧知の仲であるかのような口振りだ。

老魔導師は不敵な笑みを浮かべている。

そんな彼にアウグストは言った。

「……すまないが、ご老人。どこかでお会いしたことがあったかな？」

その言葉が逆鱗(げきりん)に触れたか、シャルドネの目がすわった。

激情というよりは、冷たく、侮蔑するような怒りだ。

「……なんじゃとぉ？」

「研究が忙しいものでね。なかなか人の顔が覚えられない」

シャルドネはアウグストを睨(にら)みつける。

冷たい魔眼のその奥には、燃えたぎるような憎悪(ぞうお)があった。

「よいよい」

怒りを抑えるように、シャルドネは言う。

「嫌というほど思い出すことになるだろうからのうっ」

シャルドネが魔力を発すれば、それに従い、【呪枝根死滅樹(ガヴル・ヘドモン)】の枝根が伸びる。

襲いかかってきた無数の枝に向けて、アウグストは魔法陣を描く。

「【魔火炎獄壁(ボルドラード)】」

アウグストの前方に、魔炎の障壁が展開された。炎熱大系は、樹幹大系に総じて相性がよい。

魔炎の障壁は伸びてきた枝根を一瞬にして焼き払う。

「甘いのう」

シャルドネが魔力を発する。

その瞬間、大樹の枝根は周囲の瓦礫(がれき)に突き刺さった。【白石魔獄牢球(デイモン・ディオンズ)】の残骸である。養分を吸収するように、そこからマナが吸われていく。

するとみるみる【呪枝根死滅樹(ガヴル・ヘドモン)】が成長する。

燃やされながらも、枝根は【魔火炎獄壁(ボルドラード)】を突き破る。炎を纏(まと)った枝がアウグストの四方に突き刺さった。

「【呪樹枝根死滅腐界(ガヴル・ヘドギヨギル)】」

枝が突き刺さった場所から石の床がみるみる腐食し、徐々にその範囲が広がっていく。

アウグストが落ちている小石を広い、宙に投擲(とうてき)する。【呪樹枝根死滅腐界(ガヴル・ヘドギヨギル)】の領域に入った途端、それはボロリと腐(くさ)り堕(お)ちた。

上空にも逃げ場はない。

安全地帯はなくなっていき、黒き腐食の結界が四方から迫り、アウグストを飲み込んだ。

瞬間、腐食の結界を切り裂くように光が走った。

「【白晶結界(レンテスト)】」

透き通るほど薄い純白の水晶。それが多面体の結界を構築する。アウグストがいるその内側だけは、腐食の影響が及ばなかった。

「ようやく使いおったか」

妄執じみた目をその結界に向けながら、シャルドネは歓喜に震えていた。

【白晶結界（レンテスト）】。

それはアウグストを六智聖へと栄進させた魔法。

そして、シャルドネを失意のどん底へたたき落とした魔法だ――

§　§　§

【白樹（はくじゅ）】の魔導師、シャルドネ――元魔法省、古老（ころう）バーナード・ヴラキの述懐。

魔法に魅入られ六〇年、生涯を研究に捧（ささ）げてきた。

省内政治に疎（うと）く、出世は遅かったが、実力一つで古老の学位をもぎ取った。

したり顔の若造どもが口八丁でのし上がっていくのを尻目に、研究一筋を貫き通した。

その愚直さが齢（よわい）六七にして、ようやく実ろうとしていた。

六智聖選定の儀。

その栄誉ある候補者に【呪枝根死滅樹（ガヴル・ヘドモン）】の開発者として選ばれたのだ。

もう一人の候補者は、【白晶結界（レンテスト）】の開発者。

新鋭の天才魔導師アウグスト・レールへイヴ。

才能は同格だが、わしには積み重ねた経験があった。

しかし……

学界の有力者らによる選定投票の結果は同数。

しきたりに従い、選定は魔導評定に委ねられた。

これは、候補者同士が互いの新魔法を評価し合い、より高い評価を得た方が選ばれるという選定方式だ。

魔導師は互いの誇りにかけ、虚偽の評定をしてはならない。

バーナードによる【白晶結界(レンテスト)】の評価は、十三段階中十二。

優れた術式だが消費マナが膨大、と記述された。

アウグストによる【呪枝根死滅樹(ガヴル・ヘドモン)】の評価は　十三段階中一一。

制御術式に不安あり、と記述された。

選ばれたのはアウグスト。

奴(やつ)は魔導師の誇りに背き、六智聖の座を盗みおったのだ。

§　§　§

【呪枝根死滅樹(ガヴル・ヘドモン)】の枝根が、【白晶結界(レンテスト)】に突っ込んだ。

白水晶の結界は魔法を阻(はば)むが、樹木が土に根をはるが如(ごと)く、枝根はそれに吸いつき、魔力を吸収し始めた。

「【白晶結界(レンテスト)】は再生する結界。一撃で破壊せねば、破ることはできんが、改良を重ねた【呪枝根死滅樹(ガヴル・ヘドモン)】はその魔力を養分にする」

勝ち誇るようにシャルドネが言った。

言葉通り、【呪枝根死滅樹(ガヴル・ヘドモン)】がますます成長していき、枝根がアウグストを取り囲む。

「再生すれば再生するだけ、わしの結界が強まるだけよのう」

「養分にするのは魔法だけじゃないね」

アウグストは冷静に魔法を解析する。

「土も水も枯れてしまう。この魔法を使った土地で人は暮らせない」

「所詮は魔導のなんたるかをはき違えた学界が定めた方便よ」

糾弾するように、シャルドネが問う。

「協定やしきたりさえ守れば虚偽の評定を行ってもよいと？　魔導師の誇りを地に落としてまで、六智聖の座が欲しかったのか、アウグストッ!!」

声を荒らげ、目を剝きながら、老魔導師は言った。

「わしはこのときを待っていた。魔法の優劣は政治力や口先で決まりはせんっ！　雌雄を決するは――魔法と魔法の純粋なる鬩(せめ)ぎあいよっ!!」

枝根が鋭く尖（とが）り、勢いよく伸びた。

「がっ……!?　な、あ……？」

シャルドネが目を丸くする。

【呪枝根死滅樹（ガヴル・ヘドモン）】の枝根が、なぜか術者である彼の腹部に突き刺さっていたのだ。

シャルドネの意に反し、【呪枝根死滅樹（ガヴル・ヘドモン）】は暴れ狂っている。

「なん……だ……？　制御が……利（き）かん……!?」

「【呪枝根死滅樹（ガヴル・ヘドモン）】は構造的に制御術式に穴がある魔法なんだよ。【白晶結界（レンテスト）】から魔力を吸収するなら、そこに改竄（かいざん）術式を仕込んでおけばいいだけだからね」

言葉もなく、シャルドネはアウグストを見返した。

魔法を制御することすら忘れ、ただただ信じられないといった表情をしている。それほどまでに、今、目の前で起きている出来事は彼にとって信じがたかった。

「あなたに似ている知人を思い出したが、やはり別人だろう。彼は魔導に生涯を捧（ささ）げた尊敬するべき魔導師だ。肩書きになど、興味もなかったよ」

そう口にして、アウグストは【飛空（レフ）】で浮かび上がった。

上階を目指す彼が背を向けたところで、シャルドネは魔法陣を描く。

後ろから魔法を撃とうとして、しかしその手が震えていた。

放出した魔力が次第に弱まっていき、ふっと彼の描いた魔法陣が消える。シャルドネは無念の表情で、がっくりと項垂れた。

「……惨めなものよ……肩書きに目が眩んでおったのは、わしの方だとは……」

完膚なきまでの敗北を突きつけられ、シャルドネは戦う意思をなくした。

§8.【水の魔剣】

二階。図書室。

広い室内には、大きな本棚が並べられていた。

中央付近にて、二人の男が対峙している。

大剣を担ぎ上げているオルテガに対して、ギーチェは中段に刀を構えている。

ギーチェはじっと相手の出方を窺っている。

「あんな馬鹿でかい剣では自分の剣速についてこられない。間合いに入れば一発だ……って思ってんだろ？」

オルテガが言う。

ギーチェは無言で、敵の動きを注視したままだ。

「入れねえよっ！」

巨体とは思えぬ俊敏な動きでオルテガは間合いを詰め、大剣を振り下ろす。

石畳の床が粉砕されたが、ギーチェはそれを見切り、身をかわしている。

すかさず、彼が一歩を踏み込もうとした瞬間、オルテガの大剣が真横から切り上げられた。

ギーチェは身を低くしてそれをかわす。

即座に下段から斬り込めば、オルテガの大剣がそれを受け止める。

ぐっとオルテガが力を入れ、ギーチェを後方に弾き飛ばした。

タン、と着地した彼に、追い打ちをかけるようにオルテガが上段から剣を振るう。それをギーチェは刀で受け流す。

重量のある大剣をまるで小枝のように扱っている。

その男、オルテガは魔導師とは思えぬほどの膂力で、まるで竜巻のごとき連撃を繰り出す。

それをかわし、あるいは受け流し、ギーチェは大剣を捌いていく。

僅かな隙を突くように大上段から放たれた渾身の一撃を、しかしギーチェは大きく飛び退いてかわす。

二人の距離が剣の間合いから離れた。

「知らねえ流派だ。今の聖軍は、こんな田舎剣士を隊長にしてんのか」

「そういう貴様の剣技には見覚えのある」

オルテガの挑発には乗らず、ギーチェは冷静に言う。

「そうだろうよ。オレの師はお前のとこの総督だからな」

それを聞き、ギーチェが僅かに眉を上げる。

正直、考えがたいことであった。

「……元聖軍が、なぜ【白樹】にいる？」

「強くなるためさ」

当然のように、オルテガは言った。

それが万人の受け入れられる理屈だと思っているような顔が、男の傲慢さを表している。

「大陸最強の剣士アルバート・リオルから剣を習いたくて入隊した。だが、聖軍にいたんじゃアルバートの野郎は超えられねえ。だから、【白樹】に入った」

ギーチェが視線を険しくする。

アルバート・リオルはギーチェの直属の上官にして、総司令官である聖軍の総督だ。

剣を習いたくて入隊したという話はわかる。

だが、除隊後に【白樹】に入った理由がアルバートを超えるため、というのは正直、彼には理解し難い行動だった。

「罪人になっては意味がない」

「大ありだぜ。あの野郎に勝てる」

そう言い放ち、オルテガは大きく踏み込む。

間合いに入るや否や、その大剣を振り下ろす。

ギーチェは先程よりも遥かに速く、前へ踏み込みつつ、その一撃をかわす。

同時に、その刃がオルテガの右腕の付け根を斬り裂いた。

「…………!?」

構わずオルテガが大剣を振るおうとする。

だが、右腕がだらりと下がったまま動かすことができない。腱が断ち切られているのだ。

オルテガの鼻先に、刀の切っ先が突きつけられた。

「貴様では勝てない。私にすら」

フッとオルテガは笑った。

瞬間、水の刃が床から噴き出た。

ギーチェがそれをかわすと、オルテガの大剣が横なぎに振るわれた。

腰が入っていない左手のみの一撃だ。それをギーチェが刀で受けにかかる。だが、大剣は水のようにギーチェの刀をすり抜けた。

鮮血が散った。

かろうじて後退したギーチェだったが、胸元がぱっくりと斬り裂かれていた。

「知ってるか？」

オルテガの大剣が水のように流動化し、うねうねと彼の周囲に蠢いている。

「アルバートが所有する魔剣は古代魔導具の一種だ。現代の魔法協定でいえば、禁呪で生成されたことになる。だったら、どうする？　こっちも禁呪で作ればいいじゃねえか」

大剣に魔力が流し込まれれば、水の剣身が長く伸びた。

「刃水剣リーレアスト！」

その水の刃が鞭のようにしなり、ギーチェを斬りつける。

刀で受けることは難しい。

彼は後退しながらもそれをかわす。しかし、攻撃の鋭さは増していき、ギーチェは追い詰められた。

「あばよ！」

僅かに体勢を崩したところへ、水の刃が襲いかかる。

「虚真一刀流、浮草」

振り下ろされた水の刃を、刀で受ける。

すり抜けるはずの水の刃に、しかし刀は押された。それはさながら、水に漂う浮き草の如く。

押された力に逆らわず、ギーチェはその身をかわした。

《……なに……!?》

オルテガが舌を巻く。

「もう一回やってみろっ！」

更に水の刃は勢いを増し、ギーチェに連撃を繰り出した。逃げ場を塞ぎ、追い込んでいくようなその水の斬撃を、しかし彼は川の流れに身を任せる浮草のように、くるり、くるりと回転しながら捌いていく。

《受け止めてるんじゃねえ……水流の勢いを、体捌きの力に変えてやがる……!!》

水の刃がギーチェの足元を狙う。彼はそれを受け流しながら、宙に舞った。

《これで……!!》

着地するより早く、刃水剣リーレアストがギーチェを斬りつける。

だが、空中にいながらも、ギーチェはやはり浮草の如く、くるりと回転して、水の斬撃をいなす。

「ちぃっ!!」

激流のようなその突きを、ギーチェはゆらりと回避して、更に一歩を踏み込んだ。

そこは彼の刀が届く距離だ。

「間合いだ」

一閃。

最短距離を刃が疾走し、オルテガの胴に迫る。

ガギィィィッと鉄同士が衝突する轟音が響いた。刃水剣は固体に戻っており、ギーチェの刀を弾き返していた。

オルテガはその大剣を上段に振りかぶっている。

「近づきゃどうにかなるとでも——!?」

片足を軸にして、ギーチェの体がくるりと回っていた。

刀を弾き返したオルテガの力をそのまま利用し、更にその一刀は加速する。

「虚真一刀流、風羽」

疾風の如き刃が斬り上げられ、左手ごと刃水剣を切断する。

「があああああああああぁぁぁっ!!!」

カン、カラン、と床に落ちた刃水剣は、剣身部分がどろりと水に変わった。器工魔法陣が破壊されたのだろう。

そうなってしまっては最早、魔剣としての用はなさない。

「田舎剣士に勝てない貴様が、魔剣にこだわるのは十年早い」

血振りをして、ギーチェは静かに納刀した。

§9．アリゴテの魔法実験

二階。図書室。

ギーチェが短剣を取り出し、倒れたオルテガの胸に突き刺した。

「ぐっ……‼」

血は出ない。

呪いのような魔法陣が描かれ、オルテガは意識を失った。

昏眠剣（こんみんけん）。文字通り、刺したものを昏眠（こんみん）させる、捕縛用の魔導具だ。

魔力や体力が弱っていなければ効果は薄いが、今のオルテガならば外部からの助けがない限り目覚めることはないだろう。

「やあ。さすがだね」

床に空いた穴からアウグストが飛んできた。

振り向き、ギーチェが言う。

「アインはもう三階を捜索中のようです」

「では、我々は四階だ」

ギーチェはうなずき、アウグストとともに四階へ向かった。

§　§　§

客室。

アナスタシアの【魔磁石傀儡兵（ビルティエット）】がドアを殴りつける。

だが、室内全体を覆うように展開された【封石魔岩結界（バディオウルズ）】は強固で、傷一つつかない。

「やっぱり、【魔磁石傀儡兵（ビルティエット）】じゃだめね。高位階の砲撃魔法を習得しておくんだったわ……」

真剣な顔つきで、彼女はこの部屋からの脱出方法を思考している。

そのとき、僅かに音が聞こえた。

アナスタシアは耳をすます。

《足音……？　近づいてきているわ……》

アナスタシアが魔力を送れば、【魔磁石傀儡兵（ビルティエット）】が彼女を右腕に乗せた。

そのまま、【魔磁石傀儡兵（ビルティエット）】は右腕を突き出す。

《開いた瞬間、右腕をぶっ放す！》

カチャ、とドアが開く。

瞬間、【魔磁石傀儡兵(ピルティイエット)】の右腕が切り離され、磁力の反発力で勢いよく飛んだ。

「どきなさ――!!」

アナスタシアははっとして、魔力を送った。

【魔磁石傀儡兵(ピルティイエット)】から磁力の吸引力が働き、弾丸のように飛んでいた右腕が空中でピタリと止まる。

ドアを開けたのは彼女が見知った人間だった。

「大丈夫そうだな」

そうアインが言った。

グルナッシュを倒した後、彼は監禁場所を探し、ここまでやってきたのだ。

「……申し訳ございませんわ……シャノンが、連れていかれてしまって……わたくしが、お預かりしましたのに……」

うつむき、アナスタシアは下唇を嚙(か)む。

そんな彼女の頭に手をやり、アインは優しく撫(な)でた。

「怖かっただろう。よく頑張った」

緊張の糸が切れたように、アナスタシアは目に涙を浮かべる。

彼女は魔導学界の至宝と言われるほど優秀な魔導師だ。大人の魔導師からも一目置かれ、一人前の魔導師としての立ち振る舞いを要求されてきたのだろう。

それでも、彼女がどれだけ天才であっても、まだ子どもだ。

「シャノンがどこへ連れていかれたかわかるか？」

「いいえ」

涙をぬぐい、彼女は言う。

「ですけど、犯人は手練れの魔導師で、シャノンを傷つけるのを避けましたわ。人質にするのが目的ではないのでしたら……」

「魔法研究に使う……か。魔導工房が怪しいな」

§　§　§

四階。魔導工房前。

眼帯の魔導師アリゴテが、魔法陣を描く。

すると、魔導工房の扉がゴゴゴ、と音を立てて開いた。

アリゴテは工房に入り、歩いて行く。

【飛空】で浮かされたシャノンが後ろに続く。

工房の中にはもう一つ、大きな扉があった。

「……解せぬ解せぬ……」

どこからともなく声が響く。

アリゴテが振り向けば、壁に人影があった。

だが、その影の持ち主はいない。

人影だけが、そこに映っているのだ。

「バッカスか」

アリゴテがそう言うと、その人影が口を開く。

「解せぬぞ、アリゴテ。侵入者の排除はどうした？」

「……かげがしゃべった⁉」

シャノンが驚いたように声を上げる。

監禁されている状況にもかかわらず、彼女はまるで物怖じしていない。

「侵入者の目的は【石姫】たちの救出だ。待っていれば、勝手に戦力を分散してくれる」

「シャルドネたちを捨て駒に使う気か？」

「逮捕されないように手は打った。【白樹】の情報が漏れるのは俺も困る」

影の男——バッカスは無言だ。

シャルドネたちが捕まった際に助けるとは、アリゴテは一言も口にしていない。

逮捕されそうになったなら、情報を漏らさないように始末するつもりだと彼は理解した。

「その娘がそれほど重要なものかねぇ？」

バッカスが問う。

「撤収準備ができたのなら、俺の研究を見ていくといい」

アリゴテはそう口にして、魔導工房内の扉に魔法陣を描く。

器工魔法陣が起動し、音を立てて扉が開いた。

中には巨大な魔石が四つ鎮座している。

その中央に魔法陣があり、黒い光が球状を象(かたど)っていた。

「まっくろいたま！」

シャノンが元気よく声を上げた。

「マナの塊か」

バッカスが言った。

「珍しい色だろう。第十三位階濃度にするとこうなる。安定させるのに骨が折れたよ」

「解(げ)せぬことをする。マナ濃度が高いほど大規模魔法を使いやすいのは確かだが、ここまで高くしては術者が死ぬ」

「その定説を覆(くつがえ)したい」

アリゴテが言った。

「第十位階濃度以上のマナを取り込めば人は死ぬ。上手(うま)く魔法行使ができても、廃人だ」

アリゴテが指を黒い光球へ向ける。

「だが、高濃度マナを御す方法はある。抵抗力の高い人間を媒体にすることだ」

彼は眼帯越しにじっと光球を見つめる。

眼帯はなんらかの魔導具なのか、それとも魔法によるものか、彼にははっきりと光球が知覚できているようだ。

「術者の間に一体人間をかませば、マナ濃度の悪影響はこの媒体にのみ向かう。これはそのための魔法実験だ」

【飛空(レフ)】の魔法により、シャノンの体が光球へとゆっくり浮遊していく。

「その魔法実験は禁呪に該当する。現行犯だ、【白樹(はくじゅ)】」

鋭い声が飛んだ。

「だでぃ！」

と、嬉(うれ)しそうにシャノンが声を上げる。

扉の前にギーチェとアウグストが立っていた。

「こちらは聖軍だ。これより、この魔導工房のすべての研究物を接収する。指一本動かせば、貴様らの命の保証はしない！」

「だから？」

そう口にして、アリゴテが指先を動かす。

シャノンの体が黒い光球へと飲み込まれていく。

「シャノンッ！」

ギーチェがまっすぐアリゴテへ駆ける。

両開きの扉が閉まっていく。それを防ぐように、アウグストが【封石魔岩結界】を使った。

四角い岩石が出現し、扉が閉まるのを阻止する。

その最中、一瞬にして肉薄したギーチェは刀を一閃した。

アリゴテは軽く手を上げて、その刃をどろりと溶かした。【融解熱手】の魔法だ。

間髪入れず【爆砕魔炎砲】が炸裂し、ギーチェの体が後方に弾け飛ぶ。

「一つ教えよう」

アリゴテが手を伸ばす。

燃え盛る業火が魔法陣をなし、巨大な炎の塊がそこに出現した。その範囲は広大な魔導工房の横幅いっぱい。回避する場所はどこにもなかった。

「不可能を口にしても脅しにはならない」

燃え盛る業火が閃光の如く、ギーチェとアウグストに迫る――

§10．聖空に咲く銀の水晶

逃げ場がないほど広がった炎の塊が、閃光の如く放たれた。

《【魔炎殲滅火閃砲】……炎熱大系第十三位階魔法……》

襲いかかる膨大な炎を魔眼で捉え、ギーチェが息を呑んだ。

すべてを焼き尽くす火閃が、【白樹】本拠地の四階部分を薙ぎ払った。

魔導工房の壁は炎に包まれ、四階の通路は半壊している。

だが、ギーチェとアウグストは無事だった。

寸前のところで【白晶結界】を展開し、その火閃から身を守ったのだ。

「【白晶結界】か。壊すのは億劫だ」

アリゴテがそう口にした瞬間、ギーチェがはっとした。

《影が……!?》

【白晶結界】の内側に影が三つある。一つ目はギーチェのもの、二つ目のアウグストのもの、三つ目の影は存在するはずがない。

だが、床に映るその人影が、実体化するように床から這(は)いずり出てきて、影の爪を伸ばした。狙いはアウグストだ。

間一髪、ギーチェは刀身が溶けた刀でその影爪を捌(さば)く。

「【錬鉄生成(ディーバ)】」

アウグストが魔法陣を描き、鉄の剣を生成した。ギーチェがそれを握り、影の男――バッカスを切りつける。

そいつは身を低くしてかわす。ギーチェが更に追撃すると、影の男は床に映る普通の影に戻り、回避した。

次の瞬間、影の男は【白晶結界(レンテスト)】の外側に現れる。

「影になって結界をすり抜けられるようだね。闇影大系かな？　恐らく禁呪だろう」

アウグストがそう解析する。

「あちらの魔導師の【魔炎殲滅火閃砲(ジア・ボルドヘイズ)】と連携されると厄介だ」

「影の攻撃は自分が捌(さば)きます」

そう口にして、ギーチェはアウグストの背中を守るように剣を構えた。

「守っているだけでいいのか？」

アリゴテが言う。

扉を押さえていた【封石魔岩結界(バディイオウルズ)】が破壊され、扉が完全に閉まった。

シャノンを助けるには、まずあの扉を破壊しなければならない。

ギーチェが鋭い視線を敵に向ける。

焦(あせ)って飛び出せば向こうの思うつぼだ。

二人は慎重に敵の出方を窺(うかが)う。

真っ先に動いたのはバッカスだ。彼は影の爪を床に伸ばす。

すると、それは普通の影となって床を伸びて【白晶結界(レンテスト)】の内側に入った。

その途端、影の爪は実体化して、アウグストに襲いかかる。

ギーチェは剣を振り下ろし、影の爪を切断した。

アウグストが魔法陣を描く。

それを見計らったかのように、全方位から影の爪が伸びてくる。アウグストの前方から来た爪には、彼の体が壁になり、ギーチェの剣が届かない。

ギーチェは後方の影の爪を一瞬にして斬り捨てると、跳躍し、アウグストの鼻先に迫った影の爪を切断した。

「【黒石魔獄球結界(ディモン・ディスゲイズ)】」

アリゴテを取り囲むように無数の黒球が出現した。アウグストの魔法だ。

それらが次々と射出され、全方位から襲いかかる。

アリゴテが魔法陣を描けば、彼を中心にして球体の炎が渦巻いた。次々と着弾する黒球はその炎にどろりと溶かされた。

《【魔炎殲滅火閃砲（ジア・ボルドヘイズ）】を球状に……！》

精緻を極める魔法制御に、アウグストが目を見張った。

瞬間、アリゴテが両手を前に突き出す。球をなしていた炎のすべてがその一点に集中する。

「【魔炎殲滅火閃砲（ジア・ボルドヘイズ）】」

極限まで凝縮された火閃（かせん）が発射される。

先ほどより更に速く、光の尾を引きながら直進した【魔炎殲滅火閃砲（ジア・ボルドヘイズ）】が、アウグストの【白晶結界（レンテスト）】に衝突する。

一瞬の鬩（せめ）ぎ合（あ）い、魔力の火花を激しく散らし、火閃（かせん）が結界を撃ち抜いた。

アウグストの脇腹に血が滲（にじ）んでいる。結界もろとも撃ち抜かれたのだ。

《【白晶結界（レンテスト）】を貫通した……》

影の男に気を配りながらも、ギーチェが背中越しに険しい視線をアリゴテに向ける。

《【鉱聖（こうせい）】アウグストの十三位階魔法だぞ。あの男、何者だ？》

「炎熱大系を自在に操る魔法技術。君の風貌。その眼帯は正体を隠すためかな？」

アウグストがアリゴテに話しかける。

「とてもよく似ているね。総魔大臣ゴルベルド・アデムに」

「一つ教えよう」

アリゴテの周囲に炎が溢(あふ)れ出(だ)し、それが凝縮されていく。

「俺の正体は脅しにはならない」

極限まで凝縮された【魔炎殲滅火閃砲(ジア・ボルドヘイズ)】が、再び閃光(せんこう)の如(ごと)く直進した。

火の粉が舞い散り、火閃(かせん)が【白晶結界(レンテスト)】に直撃する。

先ほどは容易(たやす)く結界を貫いた【魔炎殲滅火閃砲(ジア・ボルドヘイズ)】だったが、今度は貫くことができない。

アウグストもまた全方位を覆っていた【白晶結界(レンテスト)】を凝縮し、前方に集中したのだ。

防御に穴はできるが、その分結界自体は厚くなる。

貫通するのは、至難を極めるだろう。

【白晶結界(レンテスト)】に衝突した火閃(かせん)が二つに分かれ、アウグストの後方の壁を焼く。

その二つの焼き跡が魔法陣を形成していた。

「【導火縛鎖(ファゼム)】」

焼き跡の魔法陣から二本の鎖が伸び、ギーチェたちの背後から襲いかかる。二人を取り囲むように、鎖はぐるぐると渦巻き状になり、徐々にその範囲を狭めようとする。

アウグストは【白晶結界(レンテスト)】を再び全方位に広げる。そこに【導火縛鎖(ファゼム)】が巻きついたが、結界を突破することはできない。

「【魔炎殲滅火閃砲(ジア・ボルドヘイズ)】」

結界を広げたところを狙っていたか、凝縮された火閃(かせん)が疾走する。

だが――

「【白晶結界（レンテスト）】」

アウグストは広げた【白晶結界（レンテスト）】の外側にもう一つ凝縮した【白晶結界（レンテスト）】を展開し、障壁とした。

瞬間、アウグストが目を見張る。

【魔炎殲滅火閃砲（ジア・ボルドヘイズ）】を防ぐ寸前、もう一本の【導火縛鎖（ファゼム）】が後ろから回り込んできたのだ。

火閃（かせん）はその鎖に直撃する。

導火線に火がついたように、【魔炎殲滅火閃砲（ジア・ボルドヘイズ）】は鎖に沿い、曲がっていく。

凝縮した【白晶結界（レンテスト）】を迂回（うかい）したのだ。

【導火縛鎖（ファゼム）】はもう一本の【導火縛鎖（ファゼム）】につながる。広げた【白晶結界（レンテスト）】に巻きついた鎖に沿い、【魔炎殲滅火閃砲（ジア・ボルドヘイズ）】が螺旋（らせん）を描いた。

ガラガラとガラスのように、【白晶結界（レンテスト）】は砕け散る。

アリゴテが手を上げる。

壁に燃え広がっていた炎が、いつのまにか魔法陣を描いていた。

そこから放たれたのは無数の【爆砕魔炎砲（ボルクス）】と【導火縛鎖（ファゼム）】だ。

《【白晶結界（レンテスト）】は間に合わない……！》

アウグストは通常の魔法障壁を展開した。次々と炎弾が直撃し、魔法障壁が割られていく。

後退したアウグストは、背中の鎖に当たり、阻(はば)まれる。【導火縛鎖(ファゼム)】が蜘蛛(くも)の巣(す)のように張り巡らされていた。

「【魔炎殲滅火閃砲(ジア・ボルドヘイズ)】」

アリゴテが凝縮した火閃(かせん)を放つ。それは工房中に張り巡らせた【導火縛鎖(ファゼム)】を伝い、一瞬にして駆け巡る。

《鎖に触れれば焼き切られる。これでは結界を広げることは難しい》

魔眼を光らせ、ギーチェは静かに刀を構える。

《多彩な攻めと圧倒的な火力で押し込む炎熱大系の戦い方を熟知している。奴(やつ)の狙いは……》

アウグストが床を見つめる。

【導火縛鎖(ファゼム)】が魔法陣を形成しつつあった。

《【導火縛鎖(ファゼム)】の魔導連鎖による足元からの【魔炎殲滅火閃砲(ジア・ボルドヘイズ)】》

目を閉じて、静かにアウグストは言った。

「開仭(かいじん)――」

アウグストから莫大(ばくだい)な魔力が放出され、周囲の鎖が弾(はじ)け飛(と)ぶ。

「魔導工域【聖空に咲く銀の水晶(ゼ・ノーヴァ・アレイン)】」

空間が塗り替えられるかのように、輝く聖なる空が具象化される。

星のように無数に輝くのは、銀の輝きを放つ水晶。それは魔導師たちの論文にのみ姿を表す仮想的な魔法鉱物――

第十三位階魔法をもってすら存在することの許されないその銀水晶が、聖空に冷たく光る。

六智聖が一角、【鉱聖】アウグストの切り札が、今、解き放たれた――

§11. 魔導工域

魔法研究の粋を極めた者のみが辿りつく境地、魔導工域の開仭。

それは術者にとって、理想的な魔導工房。

工域内の魔法律を書き換え、通常では起こりえない魔法現象を引き起こす。

本来、研究用の術式ではあるものの、開仭に至った魔導師は一個師団に匹敵するほどの力を有する。

それは局所的にとはいえ、世界に定められたルールを覆す魔法だ。

《これが【鉱聖】アウグストの魔導工域……！【聖空に咲く銀の水晶】》

影の男を警戒しながらも、ギーチェは一瞬目を奪われた。

それほどまでにその魔導工域が作り出す聖空は美しく、圧倒的な魔力を放っている。

「君は優秀な魔導師だ」

泰然とした口調でアウグストが言い、指先を伸ばす。

彼の背後にある聖空、そこから鋭利な銀水晶が彗星のように降り注ぎ、足元に完成しつつあった【導火縛鎖】の魔法陣が砕け散った。

「すまないが、手加減はできないよ」

「あまり下ばかり見ない方がいい」

スッとアリゴテが手を上げた。

その指の先、アウグストの頭上に【導火縛鎖】の魔法陣が構築されていた。

「上には上がいる」

魔法陣が燃え上がり、炎が閃光のように瞬いている。

ギーチェが魔眼を光らせ、はっとした。

《【導火縛鎖】による魔導連鎖……!? これは、第十四位階の――!!》

「【魔炎殲滅火閃砲】」

天井から幾本もの火閃が降り注ぐ。

それは建物すべてを薙ぎ払い、大地に大穴を開けるほどの圧倒的な火力であった。

凝縮された【魔炎殲滅火閃砲】が室内すべてを真っ赤に染め上げ、炎という炎がところ狭しと溢れかえった。

だが――

アウグストは火傷(やけど)一つ負っていない。

魔導工域の術者ではない、ギーチェですら無傷だ。

彼らの周囲に展開された銀水晶の薄い障壁、それが降り注ぐ火閃(かせん)の一切を遮断しているのだ。

「それが銀水晶か」

言いながら、アリゴテは再び【魔炎殲滅火閃砲(ジア・ボルドヘイズ)】の魔法陣を描く。

「なかなか勉強熱心だ。だけど、どこまで知っているかな？」

そうアウグストは口にし、銀水晶を使ってアリゴテと同じ魔法陣を描いた。

「「【魔炎殲滅火閃砲(ジア・ボルドヘイズ)】」」

凝縮された火閃(かせん)が左右から疾走し、衝突の火花を散らす。【魔炎殲滅火閃砲(ジア・ボルドヘイズ)】は互いを飲み込まんとするべく、炎を渦巻かせながら、押し合った。

「あらゆる魔法大系に対して魔導連鎖を起こす物質と定義された、仮想的な魔法鉱物が銀水晶だ」

アリゴテがそう口にした瞬間、アウグストの【魔炎殲滅火閃砲(ジア・ボルドヘイズ)】が彼の火閃(かせん)を飲み込んだ。

炎熱大系においてはアリゴテに一日の長がある。アウグストは銀水晶を使わなければ、【魔炎殲滅火閃砲(ジア・ボルドヘイズ)】を使うことすらできない。

だが魔導連鎖により、アウグストの魔法は一段階位階が上がっているのだ。

唸りを上げてその炎は直進し、アリゴテに迫る。だが、想定内とばかりに彼は素早く身をかわす。

そのまま手を前へ突き出し、六発の【爆砕魔炎砲】を放った。

弧を描いた炎弾は、しかし銀水晶の魔法障壁に防がれる。

「副産物として魔法の遮断を可能とする。銀水晶の結界はどんな高威力の魔法さえも防ぐ鉄壁の盾となる。だが」

アリゴテが言った瞬間、残っていた【爆砕魔炎砲】の炎が魔法陣を描く。

「【無限炎獄】」

炎が降り注ぐ。

銀水晶が結界を構築して防ぐも炎は消えず、そこに纏わりついてくる。

「魔法を遮断する結界の内側からは、術者も攻撃することができない」

アリゴテが言う。

【無限炎獄】の炎はマナが続く限り、途切れることはない。

そして、魔導工域のマナ消費は通常の魔法の比ではない。

「理論上は正しい。だが」

スッとアウグストは手を前に突き出し、魔法陣を描く。

彼の前方に、銀水晶の杭が四本出現し、アリゴテに照準した。

「銀水晶はなぜか魔法の遮断と透過が両立する」

銀水晶の杭(くい)が射出される。

それは結界をすり抜け、アリゴテの四方の床に突き刺さった。杭(くい)が変形し、アリゴテを取り囲む、銀水晶の結界が構築された。

魔力が遮断され、アウグストに纏(まと)わりついていた【無限炎獄(ソグゾラ)】が消える。

すぐさまアリゴテは魔法陣を描き、そこから剣を引き抜いた。

「【剛炎強火(ファアブル)】」

アリゴテの体から炎が噴出され、その勢いのまま突きが繰り出される。

「それも正しいよ。魔法以外の攻撃なら遮断も透過もできない」

切っ先が銀水晶に激突する。

だが、逆に剣の方が砕け散った。結界には傷一つついていない。

「ただ我々が考えていたよりも、これがずっと堅くてね」

銀水晶の結界が変形していき、アリゴテの体を拘束した。

剣が砕け散るほどの強度を誇るそれを生身で破壊することは不可能だ。かといって、魔法は遮断されてしまう。

【魔炎殲滅火閃砲(ジア・ボルドヘイズ)】を使おうとも、遮断された火閃(かせん)が逆流し、己の身を焼くだけの結果に終わるだろう。

アウグストは手を伸ばす。

銀水晶の杭が構築され、先端をアリゴテに向けた。勢いよく射出された杭が、身動きできない彼の鼻先に迫る。

眼帯の奥が怪しく光り、それが砕け散った。

「開仭」

アリゴテを中心に炎が渦巻く。

彼を拘束していた銀水晶が、あたかもガラス細工のように粉々に砕け散った。

夥しい魔力が噴出し、黒い炎の翼が二枚、彼の背中に広げられる。

「魔導工域――【深淵に潜む黒炎の龍】」

アリゴテの素顔があらわになり、アウグストが目を見張った。

彼の目の周りには、古い傷跡があった。

《……違う……同じ顔だが、ゴルベルドに目の傷跡はなかった……》

アウグストの思考が、その男の正体に囚われた一瞬、アリゴテは一歩を踏み出す。

咄嗟にアウグストは飛び上がり、銀水晶の結界を展開した。

《生身は銀水晶を破壊するほど頑強になったが、炎は遮断できる。離れてあちらの工域特性を調べるのが――》

アリゴテが彼を見上げる。

その魔眼の奥が黒炎に染まった。

瞬間、アウグストの体に黒い火がついていた。

「……!?」

一気に黒炎が燃え上がり、アウグストの体を包み込む。

《結界は無傷……黒炎だけがすり抜けて——!?》

「言ったはずだ」

アリゴテが言う。

「上には上がいる」

薄くアウグストは笑い、静かに言った。

「同感だよ」

魔力を放出し、アウグストは黒炎を振り払う。

銀水晶の結界ごとアウグストは急降下する。アリゴテが身構えるも、狙いは彼ではない。

アウグストはシャノンを閉じ込めた扉に突っ込んだ。

結界と結界がぶつかり、魔力の火花が散った。その扉に亀裂が走ったかと思えば、次の瞬間、ガラガラと崩れ落ちた。

「子どもを助けるだけならできるとでも？　それは浅はかな考えだ」

アリゴテの魔眼が黒炎に染まる。

瞬間、アウグストの体が黒く燃え上がろうとして、しかし床が爆発した。

無数の瓦礫が壁となり、アウグストの代わりに炎上した。

「――オマエが、シャノンをさらった黒幕か？」

アリゴテが僅かに表情を険しくする。

彼の視線の先、アウグストを庇うように立っていたのはアインであった。

§12. 水月に狂う

【白樹】の魔導工房にて、アインはアリゴテと睨み合っている。

銀水晶の結界が砕け散り、アウグストは膝を突く。

魔導工域の開帆には精密な魔力操作が求められる。黒炎による火傷が重く、それを維持できなくなったのだ。

聖空が緩やかに消えていく。

「お父様っ！」

アナスタシアが駆け寄っていく。

アインとともにここに来ていたのだ。

「アウグスト」

アリゴテを警戒しながらも、アインは一瞬、マナの光球に視線を向けた。

その中にシャノンの魔力がある。

高濃度マナに長くさらされれば、命はない。

二人で戦った方が有利なのは確かだが、それでは手遅れになる可能性がある。アインは瞬時に判断した。

「シャノンを頼む」

そう口にして、彼はまっすぐ歩いていく。

「一つ聞いておく」

彼はアリゴテに問う。

「オマエは、総魔大臣ゴルベルド・アデムか？」

「久しぶりだね。アイン・シュベルト」

アリゴテは真顔でアインを見た後、なに食わぬ調子で続けた。

「――と言えば、君は信じるのか？」

見下すような視線がアインに突き刺さる。

挑発するようにアリゴテは言った。

「無意味な問いをする時点で、魔導師としての位階が知れる」

「無意味だったと明らかにするのが研究だろ」

アインはそう挑発を返した。

「魔導師は効率じゃないぜ」

「では、なんだと？」

「好奇心だよ」

魔法陣を二つ描き、アインは【第五位階歯車魔導連結】を放った。

一直線に迫った魔力の砲弾は、しかしアリゴテの炎の翼によって阻まれる。

アインは床を蹴り、走った。同時に魔法陣を描く。

だが、それより早く、アリゴテは黒炎の魔眼を光らせた。

「【立体陰影】」

アインが魔法を発動した瞬間、彼の体を影が覆った。

いや、彼だけではない。

室内の至る所に立体的な影ができており、アリゴテの視界を妨げている。

「その炎の魔眼は視界にあるものを燃やせるんだろ。だから、銀水晶の結界を抜けられた。つまり、見えなくすればいい」

【立体陰影】は闇影大系第二位階魔法。立体的な影にて敵の視界を妨げるだけのものでしかないが、万能な魔法は存在しない。

銀水晶の結界をすり抜ける黒炎の魔眼に、それは有効だった。

「火塵眼を封じても、君に勝ち目はない」

炎の翼が広がり、溢れ出した黒炎が四つの魔法陣を描く。

「【魔炎殲滅火閃砲】」

四つの魔法陣から放たれる火閃が、次々と【立体陰影】を撃ち抜いていく。

身を潜めるための影はみるみる数を減らし、僅か数秒足らずで残り一つとなった。

「そこだ」

最後の【立体陰影】を【魔炎殲滅火閃砲】が撃ち抜いた。

火の粉が舞い散り、影が払われた。

しかし、そこにアインの姿はない。

アリゴテが視線を険しくした。

《床下？　あるいは……》

アリゴテが思考した瞬間、カタと微かに音が響いた。

《瓦礫の陰か》

激しい戦闘により積み重なった瓦礫の裏には、人が隠れるぐらいのスペースが出来ている。

音がした方向へ、アリゴテは魔法陣の照準を定めた。

「【魔炎殲滅火閃砲（ジア・ボルドヘイズ）】」

凝縮された火閃が瓦礫を薙ぎ払う。

圧倒的な火力に蹂躙され、そこは一瞬にして更地となった。

しかし――

《いない……？》

アリゴテが眉をひそめる。

アインの姿はない。

《他に身を隠せる場所はない。三階に逃げたか。いや……》

はっとして、アリゴテが頭上を見上げる。

そこにアインが迫っていた。

彼は魔法陣を描き、すでに照準を定めている。

《あえて身を隠す場所のない上空に……!?》

アインを睨みつけ、アリゴテの火塵眼が煌々と燃える。

だが、その視界を塞ぐように巨大な歯車の魔法陣が展開された。

「――遅い！」

合計十一個の歯車魔法陣が勢いよく回転し、魔力を増大させていく。

「【第十一位階歯車魔導連結（エクス・デイド・ヴォルテクス）】‼」

至近距離にて、膨大な魔力波がアリゴテに照射される。

激しい光と魔力の火花が散り、室内が真白に染め上げられた。

「【立体陰影】で物理的な死角を作ることで、俺に意識の死角を作った。身を隠したはずだと思い込ませた」

【第十一位階歯車魔導連結】を正面から受けながらも、アリゴテは僅かに数メートル後退した程度でしかない。

その黒炎の両翼を閉じ、盾にすることで魔法を防ぎきったのである。

「よく考えている。迷いなく命をリスクに曝す決断力もいい」

アリゴテの背に魔力が渦巻く。

それを食らうようにして、炎がみるみる荒れ狂う。

そうして、黒炎の翼が更に増え、四枚になった。

先ほどよりも遥かに魔法出力が増大していた。

「そして、それだけのリスクをとるのは魔導工域を持たない証明だ」

ゆるりとアリゴテは指先を前へ出す。

黒き炎が彼を中心に渦巻いた。

「出ろ、炎――」

二対の翼がはためこうとして、しかしアリゴテはピタリと手を止めた。

その視線の先で、アインが魔法球を展開していた。

《遠隔操作術式……》

アリゴテがそう分析した瞬間だった。

ドッゴオオォォォォッと床をぶち破り、アインの背後にダークオリハルコンの巨人が姿を現す。

魔導師ならば、誰もが知っている。

魔導学の祖が作り上げた古の魔法兵器——ゲズワーズである。

左腕こそないものの、頭部は復元されている。

「対魔導工域術式——開仭。【水月に狂いし工域の闇】」

薄い水の膜が床一面に張られ、そこに黒い月が映っている。

アリゴテの炎の翼に、呪いの文字が描かれた。

「アゼニア・バビロン曰く。ゲズワーズは後生へ遺す宿題だ——」

二対の炎翼が制御を失ったように荒れ狂う。

それは魔導工域を暴走させる魔導工域。あらゆる魔導工域が暴走するように魔法律を書き換えたのだ。

マナ消費が大きく、魔導工域以外にはなんら影響を与えることはないが、その反面いかなる魔導工域をも封じることができる。

魔法律の書き換えという自由度を誇る魔導工域においては、アゼニア・バビロンをしても将来どんな術式が開発されるか予想できなかったのだろう。

それゆえ、魔導工域自体を防ぐ魔導工域を彼はゲズワーズに搭載した。

魔導工域を使わずに倒してこそ、自らを超えることができるという魔導の祖からのメッセージだ。

現代の魔法理論に照らし合わせても対ゲズワーズにおいては、魔導工域を使った瞬間に敗北が決定するというのが定説となっている。

それを証明するかのように、アリゴテの魔導工域――【深淵に潜む黒炎の龍(アンガルド・フォズムブラッデ)】は暴走していき、術者自らを焼く。

「く……!!」

「――独力で倒したなら」

黒い水月が冷たく光る。

押さえ込もうとする術者の意思とは裏腹に炎翼はますます暴走を続け、巨大な炎の柱が立ち上る。

「――私の魔法技術を超えたと思ってもらって構わない」

猛威を振るう炎の嵐がアリゴテを飲み込んでいった。

§13. 炎と歯車

炎の柱が燃えさかっていた。

アインはそこに魔眼を向ける。

背後のゲズワーズは、【水月に狂いし工域の闇（アムスエル）】を維持し続けている。

アインが視線を鋭くしたその瞬間であった。

炎の柱が渦巻きに飲まれ、霧散した。

その中心にいたのはアリゴテである。暴走した自らの魔導工域に飲み込まれ、火傷（やけど）を負いながらも、彼はまだ立っている。

戦闘の継続が可能な状態だ。

《ぎりぎりで魔導工域を解除したか》

アインはそう状況を分析する。

寸前で魔導工域を解除したことにより、ダメージは軽減された。【水月に狂いし工域の闇（アムスエル）】は魔導工域以外に用をなさないのだ。

「アゼニア・バビロンの傑作か。一度、やってみたかった」

アリゴテが呟き、指先を伸ばす。

魔法陣が描かれ、【魔炎殲滅火閃砲】を放たれた。凝縮された火閃は一直線にゲズワーズの急所である頭部に迫った。

だが、魔法障壁の自動展開術式が起動し――【闇月】が球状に展開される。

火閃が【闇月】に衝突し、激しい火花を散らしたが、結界を破ることはできない。

《【白晶結界】より堅い……》

アリゴテが【闇月】をそう評価する。

ゲズワーズは拳を振り上げ、勢いよくアリゴテに振り下ろした。

ドゴォォッと床が砕けるが、間一髪、彼は飛び退いている。

「【魔炎殲滅火閃砲】」

火閃が一直線にアインを襲う。

ゲズワーズが左手を伸ばし、【闇月】にてそれを防ぐ。

「魔導工域を使わなきゃ、【闇月】を破れないんだろ」

風の刃がアインの両手に吹き荒び、唸りを上げて放たれた。

弧を描くようにそれはアリゴテに襲いかかる。彼は魔法障壁を展開する。

【嵐従風刃魔導竜巻】が荒れ狂い、その一部が割れた。

アリゴテの頬と肩が僅かに切り裂かれている。

「専門は炎熱大系だろ。守り切れないぜ」

間髪入れず、アインは二発目の【嵐従風刃魔導竜巻（レイ・ルシルフィン）】を放った。

風の刃が疾走し、アリゴテの魔法障壁をズタズタに切り裂く。

なおも迫ったその疾風は、しかし、螺旋（らせん）を描いた鎖に阻（はば）まれる。

その鎖は赤く輝いていた。

《【導火縛鎖（ファゼム）】に【魔炎殲滅火閃砲（ジア・ボルドヘイズ）】を走らせて……》

瞬時に理解し、アインが舌を巻く。

炎熱大系の攻撃魔法は多くが【導火縛鎖（ファゼム）】を通るが、それを滞留させたまま結界のように使うのは並大抵の魔法技術ではない。

「結界魔法には不向きな大系だが、要は使い方次第だ」

そう口にしたアリゴテは、赤く輝く鎖を握り、まるで鎖鎌のようにぐるぐると回転させる。

魔法で制御するよりも、速度が速い。

その鎖を彼は横薙（よこな）ぎに振るった。

側面から【魔炎殲滅火閃砲（ジア・ボルドヘイズ）】を纏（まと）った鎖が、ゲズワーズに叩（たた）きつけられる。

自動展開術式が働き、【闇月（シエスタ）】がそれを防いだ。

鎖はその結界に絡（から）みつくように回り込み、アインの背後を狙う。ゲズワーズの右手が伸びてそれを防ぐ。

だが、更に鎖は絡(から)みつき、手を回り込んで、アインに襲いかかった。

彼は【飛空(レフ)】の魔法で飛び上がり、それを避ける。

追撃とばかりに、アリゴテの【導火縛鎖(ファゼム)】が六本、地上から伸びてきた。

アインは回避行動を取りながら、魔法陣を描く。

そうしながらも、冷静に敵の狙いを読んでいた。

《オレとゲズワーズを分断しつつ》

彼が振り向いた視線の先では、六本の【導火縛鎖(ファゼム)】が魔法陣を成している。

《魔導連鎖により位階を上げた【魔炎殲滅火閃砲(ジア・ボルドヘイズ)】で【闇月(シエスタ)】を撃ち抜く……》

即座にアインは、魔法を発動する。

「【第十一位階魔導連結加工器物(エクス・デイド・リレイス)】」

十一個の歯車魔法陣が【導火縛鎖(ファゼム)】の外側で回転する。

光とともに【導火縛鎖(ファゼム)】はぐにゃりと変形した。その形状は歯車魔法陣である。それも、無数に作られていた。

「【第五位階歯車魔導連結(ヴォルテクス)】」

雨のように歯車の砲弾がアリゴテに降り注ぐ。

後退しつつ、鎖に纏(まと)わせた【魔炎殲滅火閃砲(ジア・ボルドヘイズ)】を盾のように使い、彼はそれを防いだ。

「魔法物質の作り替えか。珍しい術式だ」

アリゴテが言い、

「魔導連鎖はさせないぜ」

アインはそう言葉を返した。

間髪入れず、ゲズワーズが前進し、【闇月(シエスタ)】を纏(まと)わせた拳を振り下ろす。それが【魔炎殲滅火閃砲(ジア・ボルドヘイズ)】の鎖と衝突し、激しい火花を散らして鬩(せめ)ぎ合(あ)った。

「左腕がないのは、一度戦闘に使ったからだろう」

魔法陣を描き、アリゴテはそこから剣を抜く。

ゲズワーズの腕を蹴って飛び上がり、【闇月(シエスタ)】の内側に侵入した。

「右腕も完全には修復できていない」

【剛炎強火(ファブル)】にて加速した剣が、ゲズワーズの腕の付け根に突き刺さる。

その部分に亀裂があったのだ。

ぐっと押し込み、アリゴテは内部で魔法陣を描く。

「【魔炎殲滅火閃砲(ジア・ボルドヘイズ)】」

火閃(かせん)が内側から照射され、ゲズワーズの右腕が焼き切られた。

ダガァンと音を立て、その巨大な腕が落下する。

「内部から焼かれれば、【闇月(シエスタ)】も役には立たない」

「直す時間がなかったんでな」

アインが言った瞬間、ゲズワーズの右腕の付け根から、バラバラと歯車の器工魔法陣が落ちてきた。

「代わりにダークオリハルコンの器工魔法陣を仕込んでおいた」

アインは急降下しつつも、歯車の器工魔法陣に魔力を集中させる。そこから放たれたのは、【第五位階歯車魔導連結（ヴォルテクス）】。

アリゴテに魔力の砲弾が降り注いだ。

しかし、【魔炎殲滅火閃砲（ジア・ボルドヘイズ）】の鎖を鎖鎌のように高速で回転させ、アリゴテは放たれた魔力の砲弾をすべて消滅させる。

アインは減速することなく、高速回転を続ける【魔炎殲滅火閃砲（ジア・ボルドヘイズ）】の鎖に突っ込んだ。

「【加速歯車魔導連結四輪（ジルクセイド・バッツェ）】」

四枚の加速歯車が回転し、アインがぐんと急加速する。

ぐるぐると高速回転する鎖、猶予はコンマ数秒、生身で触れれば真っ二つに焼き切られるぞの【魔炎殲滅火閃砲（ジア・ボルドヘイズ）】の隙間を彼は抜けた。

「が……ごぉっ……!?」

アインの膝が、アリゴテのみぞおちに深くめり込んだ。

§14. 魔導師の敵

空中にて、アインの膝がアリゴテのみぞおちに突き刺さっている。

魔力の粒子が迸(ほとばし)り、歯車の魔法陣が回転した。

「【剛力歯車魔導連結四輪(ガウベルク・バッツェ)】」

アインの膂力(りょりょく)が剛力歯車によって増幅され、彼はそのままアリゴテを蹴り飛ばす。

ボールのように弾(はじ)け飛(と)んだ彼は、床に叩(たた)きつけられ、そのまま体で石畳を削った。

「【第十一位階歯車魔導連結(エクス・デイド・ヴォルテクス)】」

たたみ掛けるように、十一枚の歯車魔法陣がアリゴテに照準を向ける。

アインの掌(てのひら)から魔力が放たれ、それが魔導連結する歯車魔法陣にて増幅される。魔力の光線が疾走した。

その必殺の一撃がアリゴテを撃ち抜く——寸前で、赤い火閃(かせん)が瞬(またた)いた。

【魔炎殲滅火閃砲(ジア・ボルドヘイズ)】。

光線と火閃(かせん)が激突し、火花を散らしながら鬩(せめ)ぎ合(あ)う。

第十三位階魔法である火閃(かせん)は、第十一位階魔法の【第十一位階歯車魔導連結(エクス・ディド・ヴォルテクス)】を難なく押し返し、反対にアインに迫った。

ゲズワーズがアインの目の前に飛び込んできて、【闇月(シエスタ)】にてそれを防ぐ。

《今のを凌(しの)ぐか。生半可な攻撃では倒せん》

そうアインは思考する。

彼は指先を伸ばし、歯車魔法陣を描く。

《加速魔法か……》

魔眼を光らせ、アリゴテがそれを【加速歯車魔導連結四輪(ジルクセイド・バッツェ)】だと見抜く。

そして、【魔炎殲滅火閃砲(ジア・ボルドヘイズ)】の魔法陣を描き始めた。

「先ほどの速度が限界なら、次は撃ち抜く」

アインの加速魔法に対して、アリゴテは真っ向から【魔炎殲滅火閃砲(ジア・ボルドヘイズ)】でねじ伏せる宣言をした。

「次は少し遅くする」

アインは言った。

「その代わり頑丈だ」

瞬間、その魔法が発動した。

【加速歯車魔導連結四輪(ジルクセイド・バッツェ)】でゲズワーズを加速させ、アリゴテに向かって撃ち出したのだ。

巨大なダークオリハルコンの塊が突っ込んでいく。

【魔炎殲滅火閃砲】を当てることこそ難しくないが、【闇月】があるため貫くことはできない。

ドゴオォッとゲズワーズの頭が壁にめり込む。

アリゴテは間一髪、避けていた。

その回避方向を先読みし、アインが飛んでくる。

「【加速歯車魔導連結四輪】」

まっすぐ突っ込んできたアインに対して、アリゴテは冷静にその指先を向けた。

魔法陣が描かれ、【魔炎殲滅火閃砲】が発射された。

「【闇月】」

闇の結界が球状に展開されていた。

内側にいたアリゴテの【魔炎殲滅火閃砲】は、【闇月】によって封殺――つまりは消滅した。

そこへアインが飛び込んできた。

右手を伸ばし、アリゴテの顔面をぐっとわしづかみにする。

「悪いが、どつきあいにつきあってもらうぜ」

アインは言い、歯車魔法陣を回転させる。

勢いよく回る剛力歯車が、彼の膂力を増幅させ、その体が躍動した。

「【剛力歯車魔導連結四輪】」

そのまま、アリゴテの体を激しく真下に叩（たた）きつける。

ベギィッと床にヒビが入り、アリゴテは吐血した。

「なるほど。【闇月（シエスタ）】の内側に引きずり込んで炎熱大系の砲撃魔法を無力化するわけだ」

アリゴテは平然と言い、黒炎の魔眼を光らせた。

瞬間、アインの右手が燃え上がる。

《結界無視の火塵眼（かじんがん）。魔導工域がなくても……!?》

咄嗟（とっさ）の思考、それを見透かしたようにアリゴテは言った。

「使えないとは言っていない」

力が弱まったその隙にアリゴテはその右手をつかみ、顔面から引き剝がす。間髪入れず、両足がアインの顔面を捉える。

「【剛炎強火（ファブル）】」

炎が噴射され、アリゴテはアインを勢いよく蹴り飛ばす。

アリゴテはそのまま走り、【闇月（シエスタ）】の結界から出た。

アインはゲズワーズを後退させつつ、両腕の付け根からダークオリハルコンの器工魔法陣をバラまいていく。

それらは宙に浮遊し、アリゴテに魔法の照準を定めている。

《火塵眼（かじんがん）は使えても威力が弱い。ゲズワーズは燃やせないだろう》

火塵眼（かじんがん）で燃やされた右腕が動くのを確認し、アインはそう思考する。アウグストに使った際は、魔導工域がその力を底上げしていたのだろう。

火塵眼（かじんがん）単体では、ゲズワーズが致命傷になるほどの火力ではない。

《上手（うま）い位置取りだ。あそこなら、ゲズワーズを攻めにも守りにも使える》

アリゴテはアインの動きを分析していた。

ゲズワーズを警戒しながらも、彼は指先を伸ばす。

炎熱大系の魔法陣が描かれた。

「【魔炎殲滅火閃砲（ジア・ボルドヘイズ）】」

凝縮された火閃（かせん）が一直線にアインを襲う。

間にゲズワーズが割って入り、【闇月（シエスタ）】にてそれを防いだ。

瞬間、アリゴテの魔眼が赤く燃えた。

火塵眼（かじんがん）ならば、【闇月（シエスタ）】をすり抜けて直接アインを燃やすことができる。

「【立体陰影（イドウラ）】」

アインの魔法にて、室内の複数箇所に身を隠すための立体的な影が出現する。

それはアリゴテの視界を制限し、火塵眼（かじんがん）の有利を潰す一手だ。【闇月（シエスタ）】と【立体陰影（イドウラ）】がある限り、アリゴテは攻め手に欠ける。

しかし、彼は言った。

「ゲズワーズは破壊できないから術者を狙うはずだと考えた」

火塵眼（かじんがん）が、空間六カ所に火をつける。

狙いはアインでもなければ、ゲズワーズでもなかった。

「思い込みこそ、魔導師の最大の敵だ」

アリゴテがそう言った瞬間、空間に点火した六カ所の火が、それぞれ魔法陣を描く。

それは【導火縛鎖（ファゼム）】だ。

「【第十一位階魔導連結加工器物（エクス・デイド・リレイス）】」

アインが歯車魔法陣を描く。

しかし——

「一手間に合わない」

平然とアリゴテは言い放つ。

炎熱大系である火塵眼（かじんがん）から、地鉱大系である【導火縛鎖（ファゼム）】への魔導連鎖。

位階が上がった【導火縛鎖（ファゼム）】が複数の鎖を伸ばし、それらが一つの巨大な魔法陣を描く。

すなわち、炎熱大系第十三位階魔法への魔導連鎖——

「【魔炎殲滅火閃砲（ジア・ボルドヘイズ）】」

轟々（ごうごう）と唸（うな）りを上げ、超高熱の火閃（かせん）がゲズワーズへと照射された。

展開された【闇月（シエスタ）】は一瞬それを食い止めたものの、圧倒的な魔法出力に押され、弾（はじ）け飛（と）ぶ。

膨大な火閃(かせん)はゲズワーズの頭部を撃ち抜いた。

ゲズワーズを動かす重要な器工魔法陣は、その殆(ほと)んどが頭部にある。破壊されれば、その古代魔法兵器は沈黙する。

当然、魔導工域を封じている【水月に狂いし工域の闇(アムスエル)】も止まった。

「開仭(かいじん)。魔導――」

アリゴテがとどめをさすため、魔導工域を開仭(かいじん)しようとしたその瞬間、彼の魔眼はゲズワーズの巨体の陰で密(ひそ)かに回転する、巨大な歯車を捉えた。

「【第十一位階歯車魔導連結(エクス・デイド・ヴォルテクス)】」

十一枚の歯車魔法陣にて増幅された魔力の砲弾がゲズワーズの胴体を貫き、怒濤(どとう)の如(ごと)くアリゴテに押し寄せた――

§15. 決着

ゲズワーズの頭部を囮(おとり)に使い、死角に隠した歯車魔法陣にて、その巨体ごと敵を撃ち抜く――それがアインの狙いだった。

魔導工域は確かに強力無比の大魔法だが、第十三位階魔法よりも発動に時間がかかる。工域が広がりきるまでは魔法律の書き換えも完全には終わらないのだ。

ゆえに、先手を取った上での魔法の撃ち合いならば勝機があると睨(にら)んだ。

ゲズワーズの頭部を破壊すれば、その器工魔法陣の殆(ほとん)どが失われ、対魔導工域術式である【水月に狂いし工域の闇(アムスエル)】も消滅する。

当然、アリゴテは魔導工域を開仭(かいじん)するだろう。

そうなれば、アインに勝ち目はない。

そして、遅かれ早かれ、アリゴテには魔導連鎖による【魔炎殲滅火閃砲(ジア・ボルドヘイズ)】でゲズワーズの頭部を撃ち抜く目算があった。

だからこそ、アインはそのタイミングを自ら指定し、起死回生の一手にかけたのだ。

それでも、魔導工域の開仭前(かいじんまえ)に撃ち抜ける保証はない。

のるかそるかの魔法砲撃がアリゴテの鼻先にまで迫り、そして――

「【魔炎殲滅火閃砲(ジア・ボルドヘイズ)】」

アリゴテの周囲を、【導火縛鎖(ファゼム)】が球形を成し、守っている。その鎖には【魔炎殲滅火閃砲(ジア・ボルドヘイズ)】を滞留させていた。

ぎりぎりの判断を迫られたその瞬間、アインの狙いを察知したアリゴテは、魔導工域の開仭(かいじん)が間に合わないと悟った。

そして、【導火縛鎖（ファゼム）】と【魔炎殲滅火閃砲（ジア・ボルドヘイズ）】による防御に切り替えたのだ。

【第十一位階歯車魔導連結（エクス・デイド・ヴォルテクス）】の放出は止まらない。

ゲズワーズを失った今、ここを凌（しの）ぎきられれば終わりだとアインは理解し、マナを使い切る勢いで注（つ）ぎ込（こ）んでいる。

「どれだけマナをつぎ込んでも結果は同じだ」

アリゴテは言った。

「第十一位階魔法は、第十三位階魔法に及ばない」

「研究が足りないぜ」

そう口にしたアインは、挑戦的な笑みを覗（のぞ）かせる。

「魔法は使い方だ」

そのとき、【立体陰影（イドウラ）】によって形成されていた立体的な影が二カ所、魔力の輝きを発した。

それによって影が吹き飛ばされる。現れたのはダークオリハルコンによって構築された歯車の器工魔法陣である。

瞬間、アリゴテが目を見張った。

《……火塵眼（かじんがん）を防ぐと見せかけ、ゲズワーズの右腕とまき散らした歯車を【立体陰影（イドウラ）】で隠した。そして》

彼の脳裏をよぎるのは、【導火縛鎖（ファゼム）】の魔法陣を止めるために使ったと思われたアインの

【第十一位階魔導連結加工器物(エクス・デイド・リレイス)】である。

《——あの魔法は、【導火縛鎖(ファゼム)】の魔導連鎖を止めるためではなく、ゲズワーズの右腕とまき散らした歯車を器工魔法陣に加工するために……!?》

アリゴテは事態を把握し、そして——

「【第十一位階歯車魔導連結(エクス・デイド・ヴォルテクス)】！」

砲撃地点は二カ所。

アリゴテの正面、そして側面からダークオリハルコンの器工魔法陣により発動した【第十一位階歯車魔導連結(エクス・デイド・ヴォルテクス)】が放たれた。

すなわち、合計三発の【第十一位階歯車魔導連結(エクス・デイド・ヴォルテクス)】。

器工魔法陣により正面に放たれたその魔力の砲弾は、アインが直接その手で撃ち出している魔力の砲弾と、一点で交わるだろう。その威力は通常の第十一位階魔法の比ではない。

アリゴテは素早く判断した。

《正面の砲撃二発。鎖を集中させて、これを防ぐ》

均等に球形をなしていた【導火縛鎖(ファゼム)】の形状を変え、アリゴテは正面の守りを厚くする。

それによって、二発の【第十一位階歯車魔導連結(エクス・デイド・ヴォルテクス)】を弾(はじ)き飛(と)ばす。

即座に横からの【第十一位階歯車魔導連結(エクス・デイド・ヴォルテクス)】が迫った。

《側面の鎖は少なくなるが、弾道が見えれば防ぐのは容易(たやす)い——》

難なく捌(さば)きされる、とアリゴテが勝利を確信した瞬間だった。

鎖に当たる直前、その魔力の砲弾は、別の魔力の砲弾に当たって、僅かに弾道を変化させた。

「…………!?」

いったい、どこから……そんな思考すら間に合わない。

弾道が変化した【第十一位階歯車魔導連結(エクス・デイド・ヴォルテクス)】は、守りの薄くなった【導火縛鎖(ファゼム)】の隙間をすり抜け、そしてアリゴテを飲み込んだ。

ドゴオォオォッと床が爆砕し、粉塵(ふんじん)が舞う。

もうもうと煙が立ち上る中、アインは注意深く、敵の動きに魔眼を光らせた。

「……今のは」

粉塵(ふんじん)と煙が流れていき、アリゴテの声が響いた。

「もう一度できるか？」

アインが視線を鋭くする。

直撃には違いない。全身は血まみれで、魔力も乱れている。

しかし、アリゴテはまだ立っている。

まだ戦えるということだ。

「俺が弾(はじ)き返(かえ)した正面からの魔法砲撃を、側面からの魔法砲撃に当てて、弾道を変えた。極めて精密な魔法技術を要する」

アリゴテの計算では、そんなことは不可能なはずだった。

だからこそ、受け手を誤り、直撃を受けたのだ。

「難しいことじゃないぜ」

アインは言った。

「これが歯車大系だ」

こと精密さにおいては、人工物の特色が色濃い歯車大系の真骨頂だ。術者も少なく、肌で実感できるものはまだまだ少ない。

アリゴテが想定にいれられなかったのも、無理はないだろう。

「では、検証といこう」

《あちらにどれだけ余力が残っているかが問題だな》

アインが冷静に状況を分析する。

虚勢を張っているのか、そうでないのか。

今の攻撃すら、大したダメージではなかったのだとすれば、かなり厳しい戦いになるだろう。

ゲズワーズはもうないのだ。

ちらりと火の粉が舞ったかと思えば、アリゴテの周囲に炎が立ち上る。

彼が臨戦態勢に移行しようとしたそのときだった――

「タイムリミットだ」

声が響く。

アインのものでも、アリゴテのものでもない。

影の男がそう口にしていた。

《あの男……》

ギーチェが、目の前を睨む。

そこにも影の男がいた。アインとアリゴテが死闘を繰り広げる中、ずっとギーチェと戦っていた。

《こっちが本体ではなかったのか……》

「他の連中も研究の破棄を終えた。聖軍総督アルバート・リオルがもう数分でここに到着する。これ以上の時間稼ぎは無意味だ」

影がさっと晴れていき、男が正体を現す。

無精髭を生やした赤髪の男である。

年齢は四〇代ほどか。髪は少し長めで、法衣を纏っている。

その顔にアインは見覚えがあった。

《ジェラール……⁉》

魔法省アンデルデズン研究塔の元所長であり、アインを室長に抜擢した男である。

シャノンを養子にするように言い出したのが、そもそも彼だった。

「仕方がない」

アリゴテは言った。

「シャノンは預けておくよ。またいずれ取り返しにくる」

「……オマエたちの名前は？」

アインがそう聞き返す。

他のことを問うても、まともな返事があるとは思わなかったのだろう。

「アリゴテと呼ぶといい」

「私はバッカス」

そう口にすると、二人は【飛空(レフ)】の魔法で飛び上がった。

ここで逃がすのも後々厄介だが、アインにとってシャノンの無事を確保することが最優先だ。奴(やつ)らもそれをわかっているから、わざわざ誘拐してまで魔法実験に使ったシャノンを置いていくのだろう。

アリゴテは言う。

「貴様の奮闘に敬意を表し、一つ教えよう。我々【白樹(はくじゅ)】は十二賢聖偉人をも超える【本を書く魔導師】、【魔義(マギ)】に至る。そのための禁呪研究であり、そのためのシャノンだ」

「勝手になればいい」

上空に浮かぶ二人の魔導師へ、アインは宣言した。

「オレが【魔義(マギ)】になった後にな」

それを聞き、アリゴテは僅かに笑みを見せた。

「気に入ったよ、アイン・シュベルト」

そう言い残し、天井に空いた穴から二人は空に去っていった。

§16. 一秒を争う

洋館。魔導工房。

凝縮したマナの球体の前で、アウグストが魔眼を光らせながら、魔法陣を構築している。

マナ球とそれを作り出している器工魔法陣を解析しつつ、少しずつ魔法陣を描き足し、調整している様子だ。

「アウグストッ！」

傍(かたわ)らでアナスタシアが心配そうに、マナ球の中へ視線を向けている。

【白樹(はくじゅ)】を撃退したアインとギーチェが走ってくる。

「シャノンはっ……？」

感情を抑えながら、アインは聞いた。

「解析はもう終わる。安全に停止することはできそうだが、どうやらこれは第十三位階級の高濃度マナだよ。すぐに紅血大系が専門の魔導師に見せた方がいい」

アリゴテはシャノンを預けておく、と言った。

だが、それは必ずしも無事であることを意味しない。

彼にとっては、研究材料として用をなせばそれでいいのだ。

たとえ、どんな状態であろうとも。

「ギーチェ」

すぐさま、アインが悪友を振り向く。

「らしくない顔をするな。私が必ず助ける」

人体への医療魔法は紅血大系が最も優れる。

魔石病の研究をしていたギーチェの専門も紅血大系だ。研究職を離れたものの、今この場にいる魔導師の中では最も可能性があるだろう。

アインの見立てでは街まで運んでいる猶予はない。

「完了したよ。器工魔法陣を停止する」

アウグストが魔力を放出する。

器工魔法陣に停止の命令が伝わり、高濃度のマナ球に亀裂が入った。

「高濃度マナの処置は一秒を争う。迷いは不要だ。手を動かせ。いいな？」

ギーチェがそう確認をとると、アインはこくりとうなずいた。

「わかっている」

みるみるマナ球の亀裂が広がっていき、そしてパリンッと割れた。魔法によりとどめられていたマナが辺りに広がり、霧散していく。

白い煙が立ちこめる中、人影が見えた。

シャノンのものだ。

「行くぞっ！」

アインが言い、二人は覚悟を決めた表情で駆け寄っていく。

白い煙がさっと流れていき、そこにはあろうことか……右腕を突き上げたシャノンが得意満面で立っていた。

「シャノン、ふっかつ！」

一瞬の沈黙、アウグストとアナスタシアが不可解極まりない表情で、彼女を見た。

だが、そこへ迷いを捨てた男たちが一陣の風のようにシャノンをさらった。

「外傷はっ⁉」

真剣極まりない表情でギーチェが問うた。

アインは抱きかかえたシャノンに魔眼を向ける。

「外傷はない！　無傷だ！」

「むきず！」

と、シャノンは両手を挙げて、無事をアピールする。

「無傷だとっ！　なんということだ！　今すぐ寝かせろ。安静にするんだ！」

「任せろ！」

ギーチェの指示に、素早くアインが反応し、シャノンを床に寝かせた。

二人は迷いを捨てている。

シャノンが万が一にも無事であるなど、端から頭にないのである。

「意識はっ？」

「シャノン。オレがわかるか？」

ギーチェが優しくシャノンに話しかける。

「ぱぱ」

「意識はある！　記憶も正常だ！」

素早くギーチェが言った。

「くそっ！　外傷がない上、意識まであるのかっ！　魔力はどうだっ？」

「ま・がん！」

ピカッとシャノンが魔眼を暴走させた。

それを魔眼で見て、アインが素早く報告を上げる。

「めちゃくちゃ強い！　魔力制御も可能だ！」

「魔力がめちゃくちゃ強くて制御可能っ⁉　どういうことだっ⁉」

寝ながら、シャノンが両拳を握った。

「ぜっこうちょう！」

「自己申告は絶好調」

「気のせいじゃないのかぁぁっ⁉」

アインの報告に、ギーチェは叫ぶように疑問を述べた。

「きのせいじゃない！」

シャノンがむくりと起き上がり、腕を思いっきり交差する。

更に元気いっぱいに歩いてみせた。

「歩いたああぁぁぁぁぁぁぁぁぁっ！」

「馬鹿なああぁぁぁぁぁぁぁぁぁっ⁉」

男たちは悲鳴のように大声を上げていた。

「狼狽えるな、ギーチェッ！　オマエしかいないんだぞっ！」

「……わかっている！　わかっているが！　外傷がなく、意識があり、記憶も魔力も正常で絶好調で歩く。こんな症状は見たことも聞いたことも――」

「一ついいかな？」

動転する父親二人に、アウグストが言った。

「無事なのでは？」

沈黙が通り過ぎていった。

六智聖の叡智が、この場に静寂をもたらしたのだ。

「無事……？　あの無事のことか？」

アインが疑問の表情を浮かべる。

「他にどの無事がありますの」

呆れたようにアナスタシアが言った。

「本当に親バカですわ」

「……高濃度マナにさらされてなぜ無事に？」

と、ギーチェがシャノンを見る。

彼女は元気をアピールしながら、

「すーぱーほっとけーきで、シャノンむてきなった！」

などと宣っている。

「ただの高濃度マナではなかったのかもしれないね。あのアリゴテという男は、並の魔導師ではない」

「……あいつの基幹魔法の研究と関係しているのかもな」

アインが言う。

「基幹魔法？」

と、ギーチェが疑問を向ける。

「大体燃えたが、この工房には基幹魔法を研究した形跡があった」

「戦闘中に見たものだろう。断言できるのか？」

「オレがどれだけ基幹魔法を研究してたと思ってんだ」

アインは足元に落ちていた焦げついた羊皮紙を広い、視線を落とす。

「証拠を消すために、派手に燃やしながら戦ったんじゃないか」

「聖軍で調べよう」

と、ギーチェは羊皮紙を受け取った。

「……あいつ、なんで総魔大臣と同じ顔なんだ？」

アインが聞く。

「私も驚いたよ。魔法省に報告しなければいけないね」

アウグストがそう答えた。

《それと、ジェラールか。いつから【白樹(はくじゅ)】にいる？　オレにシャノンを引き取れと言ったのは偶然じゃなさそうだな》

アインが考えていると、いつの間にかシャノンが目の前に来ていた。

「マギってなあに？」

「ん？」

アインが不思議そうにシャノンを見返す。

「ぱぱ、さっきマギになるっていってた！」

「聞こえてたのか？」

「じごくみみ」

と、シャノンは両耳に手をやり、ひらひらと動かした。

どうやら、地獄耳をアピールしているらしい。

「【魔義】は【本を書く魔導師】とも呼ばれるが、本っていうのは魔法律を意味している。神が魔法律を定めたとすれば、その魔法律を書き足すのが【魔義】だ。つまり、最も神に近づいた魔導師のことをいう」

シャノンは疑問でいっぱいの表情を浮かべている。

「簡単にいえば、十二賢聖偉人よりすごい魔導師のことだ」

「すーぱーまどうし！」

ざっくりとした理解であった。

「それよりオマエ、本当に大丈夫か？　調子が悪いところはないか？」

アインが真剣に問いかけると、シャノンはお腹（なか）に手をやった。

「腹が痛むのか？」

ぐう、とお腹（なか）が鳴った。

「おなかのとけいなった！」

僅かに目を丸くした後、アインは安堵（あんど）する。

「帰るか。今日はご馳走（ちそう）にしよう。なにが食べたい？」

優しくアインが言う。

「サンドウィッチがいい」

「……ほっとけーきじゃないのか？」

意外そうにアインが聞く。

「とちゅうでさらわれたから、ピクニックのつづきする！」

娘の言葉に、フッとアインは笑う。

「いいぞ。やるか」

「やった」

シャノンはアナスタシアの方へ走っていく。

「アナシー！　かえってピクニックのつづきしよーっ！」

「はあっ!?　あなた、さらわれたばかりでしょうにっ！　懲りないわねっ！」

「だいじょうぶ。ぱぱもくる！」

シャノンの後ろでアインは言う。

「アウグストも来ないか？」

「では、お邪魔しようかな」

笑顔で承諾するアウグスト。

和やかな四人をよそに、一人渋い顔をしている男がいた。

「私はこれから、聖軍の本隊を待って事後処理があるんだが……」

「心配するな」

にっこりとアインは笑う。

「オマエの分はオレが食べておいてやる」

「すぐに終わらせて行くから、残しておくんだ！」

残業はしないという気迫を滲(にじ)ませ、ギーチェは脅すように言った。

そんな彼に手を振りながら、アイン、シャノン、アウグスト、アナスタシアは洋館を後にする。

「残しておくんだぞっ!!」

「シャノンがまもるー」

というギーチェとシャノンの声が、ディグセーヌ村落に響き渡ったのだった。

§17. 開発再開

湖の古城。玄関。

シャノンの誘拐事件から、すぐのことだった。

アインが扉を開くと、そこにはなんとも申し訳なさそうな顔をしたルークが立っていた。

魔法省アンデルデズン研究塔、第一魔導工房室でアインの部下だった男だ。彼がなんのためにやってきたのか、一目で想像がついた。

アインはルークを応接間に通した。

「実はあの後、室長になりまして……」

「まあ、外部から連れてこない限りオマエだろ」

アインはカップに注いだ紅茶をルークに差し出す。

「今、なに研究してんだ？」

「……まだ大したことは……」

歯切れ悪くルークは言った。

「あの……歯車大系の開発、おめでとうございます……」

ぎこちない笑みを浮かべるルークを、アインはじっと見返した。

「馬鹿所長はなんだって？」

「え？」

「無茶を言われて来たんだろ。顔に書いてあるぞ」

すると、ルークは申し訳なさそうにうつむいた。

「……歯車大系の権利を魔法省に譲渡させるように、と……」

「条件は？」

「……代わりに……その……」

言いづらそうに、ルークは答えた。

「魔法省に復職させてやってもいいとのことで……」

「なるほど。炎熱大系で水を出せというわけだ」

魔法の理からすれば、炎熱大系の魔法陣で水そのものを作るのはまず無理だ。不可能なことを表す古い慣用句である。

「すみません……説得できなければ解雇だと言われてしまい……」

「うちに来いよ。金はまだないが、歯車大系は面白いぜ」

困ったようにルークは笑う。

「そうできたらよかったんですが、私は祖父の縁で魔法省に入ったので、顔を潰すわけにはいかない……」

「ああ……魔法を教えてくれたじいさんだったか」

ルークは無言でうなずく。

アインは仕方がないといった表情で応じた。

「馬鹿所長に伝えてくれ。頭を下げに来るなら考えてもいい」

§　§　§

翌日。

湖の古城。玄関前。

訪ねてきたジョージ所長がアインに深く頭を下げていた。

「本当に申し訳なかった。魔法省に戻ってきてほしい」

アインは真顔で言った。

「断る。帰れ」

顔を上げたジョージは、屈辱と驚きの入り交じった表情をしていた。

「……や、約束が違うっ！　私が頭を下げれば――」

「考えてもいいと言っただけだ。まさか、それだけで済ませるつもりだったのか？」

「それだけだとっ？　魔導博士の私が、無学位の貴様に頭を下げたのだぞっ‼」

「オマエの軽い頭が多少地面に近づいたところでな」

辛辣に言い放たれ、ジョージは奥歯を噛んだ。

「交渉したいなら、総魔大臣を連れてこい」

「なっ……⁉」

ジョージは目を剝き、驚愕の表情を見せる。混ざっている感情は怒りだ。とんでもないことだと言わんばかりだった。

「一介の魔導師風情が総魔大臣と直接交渉だとっ⁉　わきまえたまえ！」

「わきまえるのはどっちだ？　一介の魔導師風情の新魔法が欲しいんじゃなかったのか？」

ぎ、ぎぎ、と今にも血管が切れそうなほどの怒りをどうにか堪え、ジョージはアインを見返す。

彼は屈辱に歯を噛みしめながらも、地面に膝を突き、両手を突いて、額をこすりつけるように頭を下げた。

「……非礼を謝罪する……！　どうか、私と一度、交渉の機会を……！」

「断る」

そう口にして、アインは容赦なく扉を閉めた。

§　§　§

アンデルデズン研究塔。所長室。

「くそっ!!」

ダガンッとジョージが机に両手を叩きつけ、憤怒の形相で虚空を睨んだ。

《総魔大臣を呼べだとっ!?　そんなことを口に出した時点で魔法省での私の立場は終わりだっ!!》

ぎりぎりと歯を噛みしめながら、ジョージは内心で毒づいた。

《だが――》

その総魔大臣ゴルベルドから、アインを再雇用し、歯車大系の権利を譲渡させろと命令があったことを思い返す。

《このままでは閑職に回される。基幹魔法はともかく、奴が開発した新魔法の一つぐらいは手に入れなければ……共同研究を持ちかけ、成果だけ盗むか。いや》

そこまで考え、ジョージははたと気がつく。

かつて自分がアインに新魔法を盗ませようとしたことに思い至ったのだ。

《私の手口は知られている。考えろ。奴にもなにか弱みが……》

ジョージははっとして、拳を握る。思い出したのである。アインを解雇するとき、彼が研究していた新魔法に執着していたことを。

すぐにジョージは、アインの部下だったルークを呼び出した。

「【永遠世界樹（レイジア）】の研究を再開する……ですか……？」

ジョージの説明を受け、現在の室長であるルークは思わず聞き返さずにはいられなかった。

当初は破棄の命令が出ていたからだ。

「歯車大系を開発した男が研究していた新魔法だ。さぞ価値のある魔法だろう」

アインが開発途中だった新魔法があれば、ゴルベルドへの面目も立つ、とジョージは考えていた。

「それは、そうですが……【永遠世界樹（レイジア）】は魔法協定の抜け穴をついたような禁呪ぎりぎりの魔法で、アイン元室長がいたからこそ安定していましたが……」

「予算と人員をすべて回す」

「……しかし、かなりの危険が」

「早急に完成させたまえ。以上だ」

とりつく島もなく、ジョージはそう命令したのだった。

§　§　§

その夜。第一魔導工房室。

「【永遠世界樹(レイジア)】臨界暴走！」

「全魔法線切断！　マナ供給を切れ！」

「自己供給術式が働いています！　魔力根(まりょくこん)が、上階の魔石保管庫へ到達。直接、マナを吸われていますっ！」

魔導師たちが次々と報告を上げていた。

巨大な大樹から枝が伸び、荒れ狂うように壁や天井を破壊していく。

魔導師たちが魔法障壁で押さえ込もうとしているが、まるで歯が立たず、枝になぎ払われていく。

そこは悲鳴と怒声が飛び交う、阿鼻叫喚(あびきょうかん)の地獄絵図だった。

「なにをやっている、馬鹿どもがっ！　【相対時間停止(レズン・ネゼ)】で強制停止をしろっ!!」

ジョージ所長が怒鳴りつける。

研究塔全体への被害が出る緊急事態につき、泡を食って駆けつけたのだ。

こんなことが上に知られれば、彼の責任問題だ。

「第十位階の臨界暴走ですっ！　【相対時間停止(レズン・ネゼ)】は効きません！」

ジョージの誤った指示に、ルークがそう反論する。

「なんだと!?　そんな馬鹿げた器工魔法陣の開発許可が下りるわけが……！」

「説明したでしょうっ！　【永遠世界樹(レイジア)】が禁呪に認定されないのは、魔法協定上の不備ですよっ！」

ドゴォオッと【永遠世界樹(レイジア)】の枝が天井を完全に突き破った。

「もう限界です！　所長、塔員に退避指示を！」

「……ば、馬鹿を言うなっ！　これを放置する気かっ……？」

「死者が出ればあなたの責任になりますよっ！　早くっ!!」

ドゴォッと足場が崩れ、ジョージとルークが体勢を崩す。

「くそっ。退避だ！　全塔員はただちに持ち場を放棄し、研究塔を脱出しろ！」

枝という枝が荒れ狂い、猛威を振るう中、研究塔の魔導師たちは命からがら脱出した。

外から見上げる塔には、木の枝がぐるぐると巻きついており、魔力の粒子がしんしんと降り注いでいる。今もなお、【永遠世界樹(レイジア)】の臨界暴走は規模を拡大していた。

「魔導災害として認定し、聖軍に防災出動を申請しましょう」

ルークがそう進言する。

「ば、馬鹿を言うなっ！　魔法事故を公にすれば、数ヶ月は研究塔を止めることになるぞっ。

解雇どころか、学位まで剝奪されかねんっ！」

「魔法省の敷地外に【永遠世界樹】が広がれば同じことでしょう」

「君の責任だろう。どうにかしたまえ！」

「……穏便にこれを止められる魔導師がいるとすれば、一人だけでしょうね」

ルークははっきりと言った。

それが誰かはジョージにもわかったことだろう。最も頼りたくはない相手ではあるものの、背に腹は代えられなかった。

§　§　§

「そうだな」

変わり果てた研究塔を魔眼で見つめながら、アインが言った。

「魔法省の宝物庫に、要人警護用の護石輪があるだろ。それで手を打とう」

「なっ……⁉　そ、それは王族クラスの……どれだけ貴重なものか……」

アインの要求に、ジョージ所長は反駁する。

「そうか。じゃ、聖軍にでも頼むんだな」

アインが踵を返す。

「ま、待てっ！」

ジョージが呼び止めると、アインが振り返った。

苦々しい表情で所長は羊皮紙に書き殴り、アインに差し出す。彼はそれを受け取り、ざっと目を通す。

「確かに」

そう口にして、アインは研究塔の外壁に触れる。

「ルーク。収束後、すぐに【相対時間停止（レズン・ネゼ）】の器工魔法陣を起動しろ。塔が崩れる」

「了解です。炎熱大系による砲撃はいりますか？」

「術式が成長過多になってるだけだろ。今なら器工魔法陣の遠隔書き換えで済むはずだ」

そう口にして、アインは魔力を込める。

様々な魔法文字が外壁に浮かび上がっていき、それが書き換えられた。

すると、みるみる枝が縮んでいき、塔の内部に引っ込んだ。

あっという間に【永遠世界樹（レイジア）】の臨界暴走は収められ、穴だらけになった塔が、一瞬崩れかける。すぐさま、ルークたちが【相対時間停止（レズン・ネゼ）】を起動し、それを支えた。

唖然（あぜん）とするジョージ所長に、アインは先ほど受け取った羊皮紙を見せる。

「じゃ、頼んだぜ。護石輪」

この世の屈辱という屈辱を集めたような表情を浮かべるばかりのジョージをよそに、アインは去っていったのだった。

§18. ロイヤリティマナ

湖の古城。

「おーらい、おーらい」

扉の前でシャノンが手を大きく振っている。

アナスタシアのゴーレム、【削岩採掘人形（ディモティ）】が数体、魔石とミスリルを抱えながら、城の中へ入っていく。

シャノンがとことこと走り、【削岩採掘人形（ディモティ）】を先導していく。

到着したのは、アインの魔導工房だ。

ピタリとシャノンは足を止める。以前に中へは入らないように言いつけられているので、それを守っているのだ。

アナスタシアもそこで止まり、【削岩採掘人形（ディモティ）】も停止した。

「どうした？　中まで運んでくれ」

アナスタシアは驚きの表情を浮かべた。

「あなたの固有工房ですわよね？」

「見てけよ」

すると、彼女は子どもらしい、好奇心たっぷりの笑顔になった。

「はいっ！」

アナスタシアは中へ入る。

しかし、シャノンが入り口で止まったままなのを見て、アインに話しかけた。

「あの、よろしいんですの？　ご自分の娘でしょうに」

「ここに入っていいのは、オレが認めた魔導師だけだ」

アインは子どものような笑みを浮かべる。

「実力で入らなきゃ、つまんないだろ」

§　§　§

魔導工房にはミスリルと魔石が山のように積み重なっていた。

「よし。これでぜんぶだな」

そう口にすると、アインは踵を返し、魔導工房から出る。

それを見て、アナスタシアも廊下に戻った。

「研究はいたしませんの？」

アインは魔法陣を描く。

魔導工房の扉が閉まっていく。

「次は第十二位階魔法だ」

「ああ……」

と、アナスタシアは納得したようにうなずいた。

「12いかいだと、けんきゅーなし？」

シャノンが疑問の目を向けてきた。

「第十二位階魔法を開発するのは、魔導工域の開闢に必要だからだ」

「までーこういき？」

わからないといった風にシャノンが首をかしげた。

「簡単に言えば、魔導師の奥義だ」

「おおっ!!」

シャノンが瞳を輝かせる。

「この間のことがあったからですの？」

「シャノンには護石輪をつけたから、危機も察知できるし、一度だけだが近くに転移も可能だ」

シャノンが右腕につけたブレスレット——護石輪を嬉しそうに掲げている。

「余程のことがなければ、大丈夫だろうけどな。備えはあった方がいい」

「ぱぱ、すごいひっさつわざ、おぼえる！」

「魔導工域は研究開発用の術式だ。必殺技じゃない」

そうアインが説明する。

「じゃ、どーしてけんきゅーしないかな？」

「マナがまるで足りん」

「魔導工域はマナ消費が桁違いなのよ。さっき、魔導工房に魔石を運んだでしょ？」

アナスタシアの問いに、シャノンは両手を広げて答えた。

「たくさん」

「あれだけ魔石があっても、二、三回の実験でマナを使い果たすわ。何百回も失敗するんだから、それじゃ研究にならないでしょ」

理路整然とアナスタシアが説明する。

「ませき、もっとあつめるかな？」

「それだと、いちいち新しい魔石を組み替える手間がかかる。希少な魔石を使い捨てるわけにもいかん」

アインが言った。

むむむー、とシャノンは頭を悩ませる。

「だから、ロイヤリティマナを使う」

「ロイヤリティマナってなあに？」

アインは一瞬考える。そして、言った。

「街に行くか」

§　§　§

王都アンデルデズン。西地区浄水場。

その道をアイン、シャノン、アナスタシアの三人が歩いていた。

「たとえばオマエが将来、オレの歯車大系魔法【第五位階歯車魔導連結（ヴォルテクス）】を覚えたとする」

「シャノン、おぼえる！」

「消費マナは二〇〇だ。だが、実際には二〇〇マナでは使えない」

「ふしぎなことがおきた！」

シャノンが元気よく言った。

「魔法の開発者……魔導権限者（ライセンサー）であるオレに、使用料二〇マナを支払う必要がある。これがロイヤリティマナだ」

「まほーは200なのに、ぱぱにも20あげるか？　シャノンの20かっ？」

「そうだ」

「み、みかじめりょう……!!」

シャノンが衝撃を受けた表情をした。

そんな単語どこで覚えた、といった顔でアインは彼女を見る。

「あこぎ！」

糾弾するように、シャノンが指をさす。

「その代わりにオレは、魔法省を通して【第五位階歯車魔導連結(ヴオルテクス)】の魔法陣を公開している。

これがわからなければ、そもそも魔法が使えない」

「ぱぱ、まほうをおしえる。シャノン、おれいにマナあげる！」

「そういうことだ」

シャノンは納得したようにうなずいた。

「つまり、世界中で【第五位階歯車魔導連結(ヴオルテクス)】の魔法が使われれば――」

「がっぽがっぽ！」

シャノンの脳内に、世界中のマナが降り注ぐ光景がよぎった。

「そのロイヤリティマナを使って、研究で減った魔石のマナを補充すればいいわけだ」

「ですけど、実際には【第五位階歯車魔導連結】はあまり使われませんわよね？」

アナスタシアが言う。

「ぱぱのまほー、にんきない？」

「魔導師なんかは研究に使うだろうが、問題は数の多い魔術士だ。歯車大系は開発されたばかりで、まだ使い手がいない」

アインに続き、アナスタシアが説明を加える。

「魔法の習得には時間がかかるもの。魔術士が覚えようとする魔法は、当然実用性のあるものよ。代用できるなら、得意大系の魔法を覚えるわ」

【第五位階歯車魔導連結】は魔力の砲弾を飛ばす攻撃魔法だ。どの大系の魔法でも代用できる。

「第零位階魔法はどうですの？　ロイヤリティを高くしても、傭兵魔術士には人気がありそうですけど？」

対術距離を覆す第零位階魔法【零砲】は、戦闘を生業とする魔術士なら、喉から手が出るほど欲しいだろう。

彼らにとっては、生死を分ける魔法だ。どれだけのロイヤリティマナを支払おうとも、使わない選択肢はない。

とはいえ、

「あれは習得難度でいえば、第十一位階以上だ」

「……一級魔術士で習得に半年といったところですわね……」

将来性はともかく、すぐに成果は上がらないだろう。

「まあ、今、歯車大系に必要なのはこういうやつだな」

円形の噴水にアインは視線を向けた。

キラキラと輝く水流が高く舞い上がり、水面に降り注いでいる。

「すごいふんすい！」

「浄噴水。【浄水】の器工魔法陣だ」

アインが水路を指さす。

それは上流に位置し、噴水につながっている。

「上流から来る汚れた水を、【浄水】で浄化し、飲み水に変えている」

噴水から下流にある用水路の水は、浄化され透き通っていた。

「この浄噴水は世界中の町村、あらゆるところに存在する。汚れた水は疫病の原因になるからな」

「がっぽがっぽかっ⁉」

シャノンが食いつく。

「昔はそうだったらしいわね。今は違うけれど」

と、アナスタシアが言った。

「せかいじゅうにあるのに？」

「魔導権限者が変わって、【浄水】のロイヤリティマナを〇にしたのね。浄噴水も国や大領主としか取引しなかったんだけど、誰でも買えるようになったわ」

「水がなきゃ生きていけないからな。特権を持った奴らが、それをいいことに領民を脅すこともあった。今じゃ、自宅の井戸にも設置できる。浄噴水なら四級魔術士でも起動できるし、一度起動すれば二日はもつ」

アナスタシアに続き、アインがそう補足した。

「あこぎなし！　ライセンサー、だあれっ？」

シャノンが聞く。

アインは僅かに目を細くして、答えた。

「総魔大臣ゴルベルド・アデムだ」

「……ぱぱのがくい、なしにしたわるいやつ？」

困惑したようにシャノンが言う。

「人格は最悪だが、有能だぜ。おかげで魔法省は僻地でも歓迎される」

思うところはあるだろうが、アインは気にした素振りは見せず、率直にゴルベルドを評価した。

「この浄噴水のように、役に立つ器工魔法陣を開発できれば、ロイヤリティマナを稼げる」

「なにか考えがありますの？」

アインは不敵に笑ってみせた。

「それを今から考える」

§　§　§

アイン、シャノン、アナスタシアは往来を歩いていた。

「――でしたら、やはり【零砲（ロア）】の器工魔法陣が一番売れると思いますわ」

アナスタシアが意見を出す。

「戦争やってる国ならな。器工魔法陣は物を直接売りに行く必要がある」

「商人に任せればいいのではなくて？」

「アンデルデズンじゃそう見つからないぜ。それに戦闘用なら頑丈さもいる。ミスリルだけじゃ無理だな。金がかかる」

「シャノンは、ゲズワーズがうれるとおもう！」

拳を握って、力一杯彼女は言った。

「魔法協定違反だ。そもそもゲズワーズが使われても、オレにロイヤリティマナは入らん」

「じゃ、シャノンのこれは？」

　シャノンは【加工器物(リレイス)】の歯車を見せる。

「誰でも使えるからな。そこそこは興味を引くだろうが、魔力無しが【加工器物(リレイス)】を使うメリットは薄い」

【浄水(ラファ)】のように生活に関わっていなければ、多くのマナは獲得できないだろう。

「ですけど、今のところ歯車大系の魔法は、あまり生活に密接したものではありませんわよね？」

「まあな」

　アインは考えながらも、歩いて行く。

　ふと、シャノンがついてきていないのに気がつき、振り返った。

「どうした？」

「ぱぱ、あれなにしてるひと？」

　シャノンが指をさした方向には、魔術士が一人いた。

　家をじっと魔眼で睨(にら)んでいる。

「ああ。マナ濃度と魔力濃度の測定だ。どこでも毎月やってる」

「めんどくさいこと？」

「まあ、魔力無しは、魔力やマナが見えない。魔力濃度が第二位階以上になると、小規模な魔導災害が起こる危険性がある。だから、ああやって魔術士に頼んで定期的に測定を……」

言いかけて、アインははっとした。

「……それだ！　なにも歯車大系の魔法を使う必要はない」

不思議そうにするシャノンに、アインは言った。

「魔眼だよ」

§19.　魔眼鏡

湖の古城。玉座の間。

「できたぞ」

アインが試作品の器工魔法陣を持ってきた。

眼鏡に歯車と魔石がついたようなデザインのそれは、彼が魔導工房で製造した試作品である。

「かけてみろ」

と、アインはシャノンに眼鏡を渡す。

「そうちゃく」

そう言いながら、彼女は楽しげに眼鏡をかけた。

アナスタシアが興味深そうに、横から眼鏡を覗いている。

「見えるか？」

アインが魔力を放出し、魔法線にて歯車を描く。

「はぐるま！」

と、シャノンは両手を大きく回転させた。

「おつきさまみたのとおなじやつ？」

シャノンが両手の指で眼鏡を指す。魔導師の水月のことだろう。

「あれはマナグラスといって、魔眼の制御が安定しない人間の矯正用だ。魔力がなければ使えん」

そう説明した後、アインはシャノンのかけた眼鏡を指す。

「そいつはマナグラスの基本構造を応用して、起動部分に歯車大系を組み込んだ。魔力のない人間でも、魔力やマナを見ることができる」

「マナは魔石のものを使いますのね」

眼鏡についている魔石をアナスタシアが観察する。

魔力のない人間は、体内にて微量のマナしか生成されない。

それゆえ、魔石に保存されているマナにすべて賄ってもらうしかないのだ。

「魔眼は弱い魔力を使うのが基本だ。マナ消費が少ない分、質の悪い魔石でも数回は使える。

つまり、値段が安く抑えられる」

「……確かにこれなら、魔力無しでも、マナ濃度と魔力濃度の測定ができますわね。なにか見えたときに魔術士を呼べばいいでしょうし、定期的に測定してもらう必要はなくなりますわ」

感心したようにアナスタシアが言った。

「ですけど、マナ消費が少ないということは、ロイヤリティもあまり高くはできませんわよね？」

「その分、数で勝負する。濃度測定は誰もがやってることだが、シャノンが言った通り面倒くさい。殆ど(ほとん)は異常無しなわけだしな。自分で測定できるなら、楽で金もかからない。広く普及すれば、歯車大系の宣伝になる」

「……宣伝ですの？」

ニヤリとアインは笑う。

「誰にでも、魔法が使える時代がくるってな」

アインはそう口にして、踵(きびす)を返(かえ)す。

「というわけで、そいつを商店に売りつける。行くぞ」

アインが歩き出すと、「ぱぱ」とシャノンが呼び止めた。

振り返った父親に、娘は聞いた。

「これ、なんておなまえ？」

アインは僅かに黙考した後に言った。

「魔眼鏡(まがんきょう)だ」

§　§　§

アインが向かったのは魔導師御用達(ごようたし)の魔導商店街ではなく、一般の商店だ。そうでなければ、魔力の見えない客が来ないからだ。

まず最初に西地区にて手広い商売をやっている商人を訪ねた。

「……こ、これは……」

魔眼鏡をつけ、商人は魔石を見ている。

魔力を持たないその目にも、確かに魔石のマナが視認できた。

「これは素晴らしい品です。アインさん」

「いくら出す？」

一瞬、商人は考え、それから自信満々で切り出した。

「契約料一〇〇万ゼラ。一個につき、五〇〇ゼラでいかがか？」

「悪くない。検討しよう」

アインが踵(きびす)を返(かえ)す。

「お、お待ちください。契約料二〇〇万、いや、三〇〇万でいかがですかっ?」

「答えは同じだ。悪くない」

アインは商店を後にする。

続いて向かったのは北地区一とも言われる豪商の店だ。

アインが魔眼鏡を見せるなり、店主は食いついた。すぐさま、彼は金庫から金貨を持ち出してきて、アインの前に並べた。

「契約料四〇〇万ゼラお支払いします。魔眼鏡一個につき、七〇〇〇でいかがですかな?」

「悪くない。検討しよう」

またしても、アインは首を縦に振らず、その店を後にした。

続いて訪れたのは南地区、王都アンデルデズンのみならず、他の都市とも貿易を行っている商店だ。

魔眼鏡を吟味した後、店主は言った。

「魔眼鏡一個につき、三〇〇〇。ただし、三万個を保証しよう。うちは販路が大きい。三つの商業都市で一〇万は堅いだろう。物が用意できればな」

「悪くない。検討しよう」

「……魔導師が、商売上手だな。他にいってもここ以上の条件は出せんぞ」

「だろうな」

「いくら欲しいのだ？」

「金では買えん」

そう口にして、アインはまた商店を後にした。

他にも何軒もの商店を回ったが、アインの答えは変わらなかった。良い条件でも、悪い条件でも、人の良さそうな商人でもそうでなくとも、彼は頑なに首を縦にふらない。

いくつもの商店が空振りに終わったが、特にめげる素振りもなく、彼は商店街を歩いて行く。

歩き疲れたシャノンは、アナスタシアが創ったゴーレムの左手に乗せられていた。

アナスタシアも隣に座っている。

「いったいなにが気に入りませんの？」

アナスタシアが問う。

「魔眼鏡を普及させるのが目的ですわよね？　販路の大きい商店に売ればいいのではなくて？」

「すごいせんでんなる！」

と、シャノンが声を上げる。

「魔眼鏡の術式書を出したろ」

商人たちには魔眼鏡と一緒に、術式書を出していた。魔眼鏡の魔法陣や具体的な消費マナ、ロイヤリティなど、魔法についての詳細が記載されたものだ。

「誰も読まなかった」

「術式書を読める商人でしたら、魔導商店街に行きませんと……？」

「魔力無しの客は来ないだろ。一般商店じゃなきゃ、魔眼鏡は売れない」

と、そのとき、商店街に怒声が響いた。

「魔力無しが偉そうに注文をつけてんじゃねえっ!!」

アインが振り向く。

ある商店から、ドアをこじ開けるようにして、机が往来までぶっ飛んできた。

「偉そうなのはどっちですかねぇっ!! 契約書もまともに読めないんですか、魔導師様は！ 見た魔力を正確に伝えるようにとここに書いてあるでしょうっ！ ここに！」

細身で若い店主が、契約書を魔導師に突きつける。

「だったら、俺が見た魔力が正確じゃない証拠を出してみろよっ！」

「だから、報告書を読めっつってんでしょうがっ!! あなた様の報告が正しいなら、こんな結果にはなりませんよっ!!」

「なっ……!? 無学位で、魔力無しの報告書を読めだと!? ここまで侮辱するなど、もう我慢ならん！ 私は止めさせてもらう!!」

「おーおー、さっさと出て行ってくださいよ。無駄金使いの三流魔導師様ぁ！ 今日までのお給金ですよっ！」

商人は思いきり金貨を投げつけ、魔導師の顔面に食らわせる。

魔導師は杖を机に向け、魔法で浮かせる。

その机が店主に向かって飛んでいき、髪をかすめて壁に激突した。

キッと店主を睨みつけ、その魔導師は去っていった。

「またパディオの奴か」

「魔導師はプライドが高いんだから、仕事に口を挟むなってのに」

「ほっとけほっとけ。あいつは銭勘定だけ得意で、職人や魔導師との付き合いってもんをわかってねえんだ」

近所の住人たちが、ひそひそと噂話をしていた。

アインはその店の看板をじっと見つめ、入り口へ向かって歩き出した。

「つぎはあのおみせっ」

シャノンがゴーレムから飛びおり、アインについていく。

「ちょ、ちょっと、正気ですのっ……？」

そう声を上げながら、アナスタシアも渋々ついていった。

「いらっしゃい。すみませんね、バタバタしていて。なにかご入り用ですか？」

壁に激突した机を片付けながら、店主のパディオが言う。

「こいつを売れる店を探している」

単刀直入にアインが言い、カウンターに魔眼鏡とその術式書を出した。

パディオはそれを一瞥し、術式書を手にした。

《術式書を……？》

と、不思議そうにアナスタシアが商人を見つめる。

「読めるのか？」

「ええ。まだ勉強中ですが」

パディオがふと気がついたように顔を上げた。

「……こちらは、歯車大系の……でしょうか？」

「そうだ」

一通り術式書に目を通すと、パディオはそれを置いた。

「確認しても？」

「ああ」

魔眼鏡をかけて、パディオは石を二つ取り出す。一つが魔石、もう一つがただの石だ。魔眼鏡の性能を確かめるためのものだろう。

パディオは二つの石を見比べ、目を見開く。

「あなたが開発されたのですか？」

「そうだ」

　彼は魔眼鏡を外し、机に置いた。

「素晴らしい品を、ありがとうございます。是非、私の商店で取り扱わせていただきたく存じます」

「いくら出す？」

　これまでと同じくアインは聞いた。

　一瞬、パディオは考える。それから言った。

「言い値でけっこうです」

「一億ゼラだ」

《い、一億っ……⁉　そんな法外な額をふっかけても応じるわけが……》

　アナスタシアが驚きながらも、アインを見た。

　何食わぬ顔をして彼は言う。

「どうする？　金がないなら他をあたってもいい」

「……承知しました。少々、お待ちください」

　パディオは一度、奥に引っ込み、羊皮紙の束を持って戻ってきた。

「この店の権利書です。金貨を含め、四〇〇〇万以上の価値はあるでしょう」

「残り六〇〇〇万は？」

「働いて必ずお返しします。お売りするこの店で、雇っていただけないでしょうか？」

パディオはそう言って、頭を下げた。

「店を売って、借金して手に入れた魔眼鏡の権利で、金を返すと？　オマエになんの得があるんだ？」

「……私は魔導商店街に店を出し、大商人になります……」

頭を下げたまま、パディオが言う。

「高価な魔導具や器工魔法陣、魔石やミスリルを取り扱わない商人は、どれだけ手広く稼いでも二流止まり。ですから、魔導師に私の目の代わりになってもらうように頼みました。しかし、細かい要求に応えられる一流の魔導師は、魔力無しの商人など相手にはしません。雇えた者も、先ほどのように喧嘩別れればかりでございました」

パディオが魔眼鏡に触れる。

その手は微かに震えていた。

「魔眼さえ使えれば、商人としての格が変わります。これは私の夢の値段。いくら払おうと、買い逃す手はございません」

満足そうにアインは笑う。

「オマエに売ろう」

彼は魔眼鏡をすっとパディオに差し出す。

「……これは？」

「不都合があったら言え。オマエ用に調整する」

パディオがそれをそっと受け取る。

「ありがとうございます」

そう口にして、彼は商人らしく、深く頭を下げたのだった。

§20．火炎病

王都アンデルデズン。魔導医院。

「先生、急患ですっ！」

白い布と木で作られた担架に患者を乗せ、看護師たちが処置室に駆け込んでくる。

「容態は？」

初老の魔法医が冷静に問う。

「黒い煙を吐き、倒れたそうです。意識はありません！」

その言葉を聞き、魔法医は険しい表情を浮かべた。

「これで五人目か。呪病に間違いはないだろうが」

と、そのとき看護師の一人が驚いたように声を上げた。

「せ、先生っ……!? 煙が……！」

「煙……？」

魔法医が視線を向ければ、自分の口から黒い煙がこぼれていた。

「がふっ……！」

魔法医は自らの口を手で押さえる。

血のように黒い煙が吐き出された次の瞬間、魔法医の体が一気に燃え上がった。

「が、があああああああああああぁぁぁっ！！！」

がくん、と膝をつき、魔法医はその場に倒れたのだった。

§　§　§

「火炎病？」

アインがそう聞き返す。

アンデルデズン魔導学院へシャノンを送る道すがら、ギーチェがその病気の話題を切り出したのだ。

「ここ最近、王都で流行（はや）ってる呪病だ。感染すれば、最終的に全身が燃え上がる」

　ギーチェがそう説明すると、

「シャノン、だいじょうぶ！」

　元気いっぱいにシャノンが言った。

「なにがだ？」

　アインが聞く。

「おふろのポーズかいはつした！　かたまでつかって六〇びょういけた！」

　シャノンが膝を折り、脇をしめて、ぐっと拳を握る。お風呂に入っているときのポーズなのだろう。得意満面である。

「火炎病は耐えられないだろ」

「おふろはいっても、もえないんだよ？」

「風呂は元々燃えん」

　アインが冷静につっこんだ。

「王都には呪病用の結界がある。呪源体が根絶されるまで外には出ないことだ」

　ギーチェがシャノンにそう言い聞かせる。

「じゅげんたいってなあに？」

「難病の殆どは呪いから発症する病気、呪病だ。呪源体とはその呪いの大元のことをいう」

　ギーチェが簡潔に説明した。

「呪源体を処理すれば呪いが消え去り、すべての患者が治るんだ」

シャノンは考えるように首をかしげた後、はっとした。

「やってみて！」

「……は？」

ギーチェの目は点になったが、「よし」とアインは言った。

「オレが火炎病の患者で、オマエが呪源体だ」

「待て」

ギーチェがアインの肩をつかんだ。

「どうせまたジュジュジューとかやらせるんだろう？　私が患者をやる！」

ゲズワーズのときのことを根に持っているのか、ギーチェが力強く言い放つ。

「いいぞ」

アインが承諾すると、シャノンが無邪気な顔で言った。

「じゃ、だでぃ、もえて！」

「謀（はか）ったな！」

「早く燃えろ」

鋭く睨（にら）みつけてきたギーチェに、すげなくアインが言う。

「だ、だが、燃えろと言われても、そんな演技どうすれば……？」

すると、マッチ箱をシャノンが頭上に掲げる。

「シャノン、マッチもってる！」

「ボボボボボーッ！　ボボボボボ、ボーッ!!　ヴォーッ！」

ギーチェは燃えた。手を振り、体を振り、髪を振り乱して、迫真の演技で、燃える患者になりきっている。

本気で火をつけられるのではという危機感が、彼を役者にしたのだ。

一方のアインは、

「呪ジュジュジュー、呪ジュジュジューッ！」

呪源体となって現れた。

正気を失った虚(うつ)ろな瞳、うねるような手足はまさに病魔の如(ごと)し。

余人には理解し難(がた)いが、どうやら呪いを演じているらしい。

「わるいのろい。くらえ。【えくす・でいど・ぼるてくす】！」

「呪アアアアアアアアアアアアアアアアアアアアアアアアアアー!!」

アイン演じる呪源体は昇天した。

そして――

「「ボボボボボーッ！　ボボボボボボーッ!!」」

ギーチェとシンクロするように、手を振り、体を振り、髪を振り乱して、迫真の演技で二人で燃えている。

「ふえたっ⁉」

驚いたようにシャノンがまん丸の目を更に丸くする。

アインは膝から崩れ落ちた。

「治った」

と、浄化されたかのようなキラキラとした顔でギーチェは言った。

「わかた！」

ビッとシャノンが手を上げる。

「もえるごびょうきは、わるいのろいもやすとなおる！」

「そうだ。呪源体自体を呪病に罹(かか)らせれば、呪いの循環ができる。すべての呪いがそこに返って他の患者は治るって理屈だ」

アインが丁寧に説明した。

「本当に今のでわかったのか……」

ギーチェは不思議そうだ。

「で、感染したときの症状は？」

歩きながら、アインが聞く。

シャノンは楽しげに先頭を歩いていた。

「黒煙を口から吐くようになる」

「ふぅん。まあ、王都の結界の中なら、その煙を直接吸い込みでもしない限り感染しないだろ」

「シャノンはまだ子どもだ。うっかり拾い食いするかもしれない」

「煙をか？　過保護はよせ。シャノンはそこまで馬鹿じゃない」

すると、シャノンが嬉しそうに両手を上げた。

「シャノン、かしこい！」

彼女はくるりと二人の方を向いて、ニカッと笑う。

その口からは黒煙がもうもうと立ち上っていた。

「あと、モクモクなった！」

「「!?!?!?」」

アインとギーチェは心底驚いたような表情をしている。

「なにを拾い食いしたぁぁあっ!?」

怒りの形相でアインが問い質す。

「してない」

怒られると思ったのか、シャノンは目をそらしながら言った。

「わかった。怒らないから言ってみろ」

「ねこ！　くちからモクモク、ドーナツできた。ぱくり！」

猫の口から黒煙が出てきて、それがドーナツ状になっていたので、思わず食べたと言いたいようだ。

アインはため息をつく。

「今日は学院を休む。オマエは火炎病だ」

「初期段階なら魔法医院で対処療法もできるだろう。多少の火傷はするが、命に危険はない」

ギーチェが説明した。

すると、シャノンがぶるぶると震えあがり、お風呂のポーズをとった。「もえないー」などと涙目で宣っている。

それを見て、アインが言った。

「ギーチェ。少し手伝え」

踵を返したアインに、ギーチェはシャノンの手を引いてついていく。

「……どうするつもりだ？」

「また拾い食いされても面倒だ。とっとと、呪源体を見つけるぞ」

§21．【呪源体】

シャノンを抱きかかえながら、アインが走っている。

その隣をギーチェが並走している。【魔音通話(テスラ)】の魔法を使い、彼は聖軍と連絡を取っていた。

「その黒煙を吐く猫を見つけたのは、通学路で間違いないんだな？」

アインが聞く。

「ピクニックのときにみつけた。きょうぼうなねこ」

「なぜ凶暴な猫の吐く煙を食べる……」

アインがそうぼやく。

シャノンはきょとんとしながら、口からモクモクと煙を出した。

「ところで、オマエ、煙吐いて苦しくないのか？」

すると、シャノンが「かふっ、かふっ」と苦しそうに煙を吐く。

アインは胸が詰まったような顔をした。

「シャノンッ。心配はいらん。すぐにオレが――」

瞬間、アインの目に飛び込んできたのは、シャノンが煙で書いた「へいき」の三文字だった。

「平気なら喋れ！」

「うまくなた！」

シャノンは息を吐き、「むてき」と煙文字を書いている。

《……魔力が強いからか？　呪病への抵抗力が高いな》

呆れたように煙文字を見ながら、アインはそう思考した。

「聖軍の防疫部隊に報告した。感染規模からいって、呪源体は空を飛ばない小さな動物、数は一匹だそうだ」

ギーチェがそう言った。

「決まりだな。猫を探すぞ」

「あっち」

シャノンが路地を指さす。

アインとギーチェはその路地へ入り、走っていく。

細い道を進んでいくと、少し開けた場所に辿りついた。

「ここにいた！」

シャノンが積み上げられた木箱を指す。

今は猫の姿はない。

「猫はなわばりを巡回する。呪源体になっても、性質は変わらないはずだ」

アインが言った。

「ねこくるの、まつかな？」

「それはギーチェ次第だが……」

アインが振り向くと、ギーチェは目を閉じてじっとしている。

「シャノン、ねこよぶ！」

にゃあ、にゃあ、とシャノンは猫のように動き回り、猫の鳴き真似をしている。

静かにギーチェが目を開く。

彼は細い路地に視線を向ける。

「聞こえた。猫の鳴き声だ」

「シャノンねこだよ？」

ギーチェが走り出す。

アインがシャノンを抱えて、その後を追った。

「あいつは耳がいいんだよ。修行だかなんだかで、一キロ先の針の落ちた音も聞こえる」

「じごくみみ！」

シャノンが両手を耳に当ててる。

細い路地を潜(くぐ)り抜(ぬ)け、ギーチェは塀の上を走っていった。

「目標を発見した」

ギーチェが魔眼を向けた先、古びた建物の窓の向こうに猫がいるのが見えた。

そいつは確かに口から黒煙を吐いている。

「廃屋か。ちょうどいい」

アインとギーチェは窓を突き破って中に飛び込んだ。

シャノンを降ろすと、アインは魔法陣を描く。

「【魔炎砲(ボルク)】」

炎弾が放たれる。

一直線に飛んだそれは呪源体の猫に直撃する。だが、猫の体から黒煙が溢(あふ)れ出(だ)す。渦巻く魔力とともに、【魔炎砲(ボルク)】がかき消された。

「キシャアアアアアアッ!!」

呪源体が威嚇するように不気味な声を上げる。

その体は黒煙に包まれ、目は不気味に赤く光っている。最早(もはや)、猫の見る影はなく、凶暴な呪いがそこに実体化していた。

「【地鉄牢獄(ジルゴウム)】」

アインが魔法陣を描き、廃屋全体を巨大な鉄格子(てつごうし)で覆う。

「第二位階ってところか？」

「そうだろう」

アインの言葉に、ギーチェが同意する。

「オレが引きつける。循環は任せたぞ」

地面を蹴り、アインが呪源体に迫っていく。

凶暴に爪を振るい、暴れまわるその呪いの攻撃を、彼は魔法障壁を展開しつつ、いなしていた。

「シャノン、煙を吐いてくれるか？」

ギーチェがしゃがみ、そう言った。

シャノンはかふ、かふ、と黒煙を吐き、「？」の文字を描く。

そこにギーチェは魔法陣を描く。

「この煙を弾に変えてあの呪源体を撃てば、呪源体に呪いが返る循環ができるんだ」

シャノンの頭には、先程ギーチェとアインが二人で「ボボボボボー」と燃えている演技をしていた光景がよぎっていた。

「わるいのろいもえて、シャノンなおる！」

「その通りだ」

魔法陣から血が溢（あふ）れ、それが黒煙と混ざる。

構築されたのは血の弾丸だ。

人差し指と中指を揃(そろ)えて伸ばし、ギーチェは呪源体を照準する。

「【血封呪弾(ロゼッタ)】」

呪いを封じた血の弾丸が、勢いよく発射された。

それは寸分の狂いなく、アインに襲いかかっていた呪源体の頭部を撃ち抜く。

その体を中心に溢(あふ)れ出(だ)した黒煙が渦巻き、次の瞬間、燃え上がった。

ふう、とギーチェが息を吐く。

「帰るか。シャノン、体の調子はどうだ？」

燃える呪源体に背を向け、アインが聞いた。

「ぜっこうちょう！」

両手を上げるシャノン。

しかし、その口からはもくもくと黒煙が上がっている。

アインが視線を鋭くした。

《黒煙がまだ……？》

ギーチェの視界に炎がちらつき、彼ははっとして声を上げた。

「アインッ！　呪源体が動いているっ！」

険しい表情でアインが振り返る。

膨大な炎に包まれた呪源体が前足を振り上げ、アインに振り下ろす。

魔法障壁が展開されたが、炎がそれごと飲み込んだ。

「ぱぱっ、おふろのポーズしてっ！　ぱぱぁっ!!」

シャノンが叫んだ。

炎はますます火勢を増し、激しい渦を巻いている。

「もう一度言うが、シャノン」

炎が切り裂かれ、中には無傷のアインがいた。

彼は膝を折り、脇を締めて、両拳を握っている。

「このポーズで炎は防げん」

律儀(りちぎ)にお風呂(ふろ)のポーズを取り、アインは呪源体を睨(にら)みつけた。

再び炎の前足が迫り、彼はそれを飛び退(との)いてかわす。

《……わからない》

ギーチェが呪源体を見ながら、思考に没頭する。

《呪いの循環ができれば、すべての呪いは呪源体に返る。どんな呪病もそれで終わりだ。なぜ、まだ動いているんだ……？》

「ギーチェ」

呪源体と戦いながら、アインがギーチェを呼ぶ。

《……呪いの循環は諦め、呪源体を仕留めるべきか？　そうすれば、これ以上の患者は出ない。だが、シャノンが……》

「ギーチェッ!!」

大声で呼ばれ、ギーチェの意識が思考から返ってくる。

「もっとアレに【血封呪弾(ロゼッタ)】をぶち込め」

「原因がわかったのか？」

「わからんから撃て。未知の現象をあれこれ考えても始まらん。シャノンッ、煙だ！」

アインの意図を察したのか、すぐにシャノンは黒煙を吐く。

それは、「うて」という煙文字を無数に作った。

意を決してギーチェはその煙に魔法陣を描いていく。

そのすべてが、呪源体に照準した。

「【血封呪弾(ロゼッタ)】」

雨あられの如(ごと)く、血の呪弾が次々と呪源体を撃ち抜いていく。

「キシャアアアアアァァァァァァアアッ！！！」

獰猛(どうもう)な鳴き声を上げ、呪源体は狙いをアインからギーチェに変えた。

炎を纏(まと)わせながら迫りくる呪源体に、しかし彼は一歩も退かず、血の呪弾を撃ち込み続けた。

鋭い炎の牙がギーチェの頭をかみ砕こうとして、寸前でピタリと止まる。

バタン、と呪源体はその場に倒れた。

「でなくなた」

ふー、ふー、とシャノンが息を吐くが、もう黒煙は出ない。

アインが呪源体のそばまで歩いていき、しゃがみ込んだ。

「なるほど。火炎病の他に、もう一つの呪病に罹（かか）っていたから、呪いの循環が不安定だったわけだ」

火炎病の呪いの循環が、もう一つの呪いと干渉し、本来の働きをしなかった。もう一つの呪病の方が、呪いの力が優勢だったためだろう。

【血封呪弾（ロゼッタ）】を撃ち込み続けることで、火炎病が優勢になり、呪いの循環が働くようになったのだ。

アインが倒れた猫を指さす。

「専門外だが、これは呪病の跡だろ？」

ギーチェが目を見開き、それを呆然（ぼうぜん）と眺めた。

「……どうした？」

不可解なギーチェの反応を見て、アインが尋ねる。

重苦しい沈黙の後、彼は答えた。

「………………魔石病だ……」

§22. 二つの選択肢

王都アンデルデズン。聖軍基地。教練場。

刀を抜き、整然と構えているのはギーチェ・バルモンド。

その視線の先には、長剣を構えた男がいた。

軍服にマントを羽織っている。

年齢は四〇半ばだが、若々しさと力強さがあった。

目元には深いクマがあり、その眼光は魔剣のように鋭い。

彼に一睨み（ひとにら）みされれば、どんな屈強な協定違反者たちも足がすくみ、銅像のように身動きがとれなくなるという。

聖軍総督、アルバート・リオルである。

一歩、ギーチェが踏み込み、刀を振り下ろす。

アルバートの長剣は流れるような剣捌（けんさば）きでそれをいなす。二の太刀をギーチェが振ろうとした瞬間、剣先が喉元に突きつけられた。

実戦ならば、喉を貫かれていただろう。

「雑念がある」

アルバートが鋭く睨(にら)みつけた。

「死にたいのか、ギーチェ」

「……申し訳ありません」

ギーチェがそう口にすると、アルバートは剣を鞘(さや)に納めた。

「魔石病の患者は通学路付近に二名、魔導学院に一名、孤児院に一名、西地区浄水場、商店街付近で二名発見した。貴様の報告のおかげで、まだ全員初期症状だ」

「……治療魔法の研究は？」

「無論、聖軍でも人員を増やす。魔導師の選定が問題だ。アイン・シュベルトはいけそうか？」

アルバートが問う。

「専門外ですし……興味がないかと」

「興味で判断されても困る。金とマナに糸目はつけないと言え」

僅かに考え、ギーチェは答えた。

「は」

§　§　§

「興味がないな」

湖の古城。

応接間にて、ギーチェの持ちかけた話を聞くなり、アインはにべもなくそう告げた。

「シャノンが感染する可能性もある」

「子どもをだしに使うな。そもそも、魔石病は一〇歳未満と魔力が強い人間が罹った例はない」

「最悪、王都を封印区域にすることになるんだぞ」

「無意味だろ。ディグセーヌ村落を封印区域にしても、王都で患者が出た。間にある都市を二つ、三つ飛ばしてな」

アインが言う。

「魔石病は呪毒魔法によるものか、元々呪いの因子を持っていた人間が発症する。従来の呪病とは異なるというオマエの仮説通りだ」

「私の仮説をアテにするな」

「そもそも、オレは専門外だ」

そう口にして、アインは応接間を出ていった。

ギーチェは椅子に座り、深くため息をつく。

すると、シャノンがとことことやってきて、彼の頭を撫でた。

不思議そうにギーチェが彼女を見る。

「私が無理を言ったんだ。断られるのは仕方ない」

「かわりにシャノンがおてつだいする！」

やる気をアピールするシャノン。

僅かにギーチェは笑みをこぼした。

「じゅげんたい、さがせばなおるでしょ。シャノン、それならできる」

火炎病のことを思い出し、シャノンはそう言った。

「魔石病は呪病だが、呪源体は存在しないかもしれないんだ」

「どーして？」

「ディグセーヌ村落で魔石病が流行ったとき、聖軍の防疫部隊が総出で呪源体を探した。だが動物や鳥、魚や虫にまで捜索範囲を広げたが空ぶりに終わった。それ以上は探しようもないし、そもそも呪源体自体がいないからかもしれない」

呪病は通常、呪源体に呪いの循環を作ってやればすべての患者が治る。

だが、魔石病は一筋縄ではない。

「呪源体の見つからない呪病。だから、魔石病は不治の病なんだ」

「シャノン、やくにたたない！」

がびーん、と彼女は大きく口を開けた。

だが、すぐにシャノンは閃く。

「じゃ、かわりにだでぃがやる！」

「……？　どういうことだ？」

ギーチェが聞く。

「だでぃ、ませきびょうがんばるっていった！」

「……そうだな」

「せいぐんのえらいひとに、ぱぱのかわりにやりますっていえばいいでしょ」

一瞬、ギーチェは沈黙した。

「……私がアインと会ったとき、なんて傲慢な男だと思った」

「ぱぱはごうまん？」

不思議そうにシャノンが首をかしげる。

「そうだ。傲慢で偏屈な魔法バカだった。だが――」

ギーチェは過去を振り返る。

彼と出会ったときのことを……

§　§　§

ギーチェの回想。学生時代。

アンデルデズン魔導学院・魔導学部校舎中庭。

絵を描くようにイーゼルに羊皮紙を広げ、私は羽根ペンを動かしていた。

大きな魔法陣があり、その中に魔法文字を描いていく。

ふと羽根ペンを止め、じっと考える。

「【灰塵】だ」

後ろから声が響く。

私が振り向くと、そこに透き通るほど美しい金の瞳があった。

声をかけてきたのは同級生、アイン・シュベルトである。

「第一七魔法文字、【灰塵】だ。それしか入らない」

私は無言で、彼を見返す。

不可解そうにアインは言う。

「イステイブルの魔導試問。図のような炎熱大系基幹魔法陣の中に、最大何文字の魔法文字を入れられるか、だろ？」

「そうだ」

私はそう回答し、魔法陣の中に文字を描いた。

すると、アインが不可解そうな表情で、そこに顔を近づける。続きを描くことができず、私は戸惑いを覚えた。

アインはくるりと振り返る。

「なんで【熾火(おきび)】を書いた？　【灰塵(かいじん)】しか入らないはずだ」

「その方が収まりがいいだろう」

「収まり？」

アインが首をひねる。

そして、魔法陣から羊皮紙と羽根ペンを取り出し、木製のテーブルに広げて、ものすごい勢いで書き込み始めた。

「【熾火(おきび)】を入れるには燃料文字が必要だ。だが、魔法陣内の燃料文字はすでに他の魔法文字によって燃やされている。どう計算しても、一画も残らない」

描き終えた羊皮紙をアインは私の目の前に突き出した。

「……気にするな。根拠があるわけじゃない」

私はそんな風に答えた。

「……そうか」

気が済んだのか、アインは去っていく。
《理解は得られないだろう》
そう私は考えながら、羽根ペンを動かす。
子どものときからずっとそうだ。
術式のパズルを解く作業が好きだった。
理屈や正しさなどに囚われることなく、ただ壮麗さを追い求めることに没頭した。
美しく術式が解かれるとき、私の前には魔法があった。
この過程を理解した者はいない。
話せば、必ず理屈がおかしいと言われた。
それでも、いつも必ず解答に辿り着く。

これは、私だけに与えられた世界だ――

§　§　§

ギーチェの回想。その三日後。
魔導学部の中庭にて、イーゼルに羊皮紙を広げ、私は日課のようにイステイブルの魔導試問を解いていた。

「わかったぞ」

振り向くと、アインがいた。

彼はイーゼルに広げた羊皮紙に羽根ペンを走らせ始める。

「燃料文字を温存するんじゃなくて一気に燃やす。つまり、【火炎】を連鎖させて爆発を起こす。そうすれば、逆に火が消えて、【樹木】が一画残る。これで【熾火(おきび)】が入る。どうだ？」

書きあがった術式を見て、私は目を丸くする。

それから言った。

「収まりはよくなった……」

「不服そうだな」

「壮麗とは言い難(がた)い」

アインが魔法陣の中央を指した。

「問題はここだろ。魔法文字の量が足りない」

そいつが指さした箇所が、確かにパズルの急所だと直感した。

「……ああ、たぶん、そうだろう」

そう口にすれば、そいつは楽しそうに笑った。

まるで面白いおもちゃを見つけたといった風に。

それからというもの、私はアインと、暇があれば魔導試問を解くようになった。

嫌な予感がした。

壮麗さを追い求める術式のパズル。

私だけに与えられた世界。

だが、それは単純に術式の理解を言語化できない不完全さゆえに来るものではないか。

「この魔導試問で十二賢聖偉人イステイブルが入れた魔法文字は一〇一六文字。中央で五〇〇は入れないと、どう計算しても他の箇所で破綻する」

大胆な発想を理路整然と話すアインを見ていると、そんな風に思えてきた。

「一〇一六は、気持ち悪い」

「まあ、まったく入る気はしないな」

自分がただ突飛なことを言うだけの子どものように思えてならなかった。

それは初めて覚えた劣等感だ。

「……解法が見つかっていない試問だ。学生に解けるはずもないだろうが」

「解くしかないぜ」

アインは言った。

まるで私を見透かしたように。

「壮麗な術式を見たいんだろ」

突きつけられたのだ。

あいつは本物の天才で、私は違うということを——

§　§　§

湖の古城。応接間。

「アインのような奴が新しい魔法を開発し、多くの人々を救う。だから聖軍に入った。この刀で少しでも、そんな魔導師たちを守りたかったんだ」

ギーチェが言った。

「だが、シャノンが頑張れると言ってくれた。もしも、この手で魔石病を根絶できるのなら……と。そう思う自分もいる」

彼はぐっと拳を握りしめる。

「聖軍でも魔石病の研究をする席は限られている。そこには才能のある人間が座るべきだ」

「むずかしいもんだいか？」

不思議そうにシャノンが聞く。

「……たとえば、ホットケーキとピクニックのサンドウィッチ、シャノンだったらどちらを食べる？」

「りょうほうたべる！」

シャノンが大きく手を上げ、両手でピースしている。恐らくは両方食べるの『両方』をアピールしているのだろう。

目を丸くするギーチェ。

くくく、と笑声がこぼれた。

「確かに、そうだな」

ギーチェは吹っ切れたように言った。

「魔石病の研究は一人でもできる。空席に他の魔導師を呼んできた方が、研究者が増えるだろう」

「シャノン、おてがらかっ？」

よくわかっていないだろうに、彼女はそんな風に聞いた。

「ああ。おかげで心が決まった」

「りょうほうたべる！　むてきのせんたくし！」

元気よくシャノンが言ったのだった。

§23. 魔操球

アンデルデズン魔導学院・幼等部。訓練場。

校舎の屋根に止まったイヌワシがそこに視線を向けている。

ボールに魔力が注ぎ込まれた。アナスタシアは思い切り振りかぶって、それを投げつける。

向かってきたボールを、女子生徒のリコルが受け止める。

だが、しっかりとキャッチしたはずのボールが暴れ回り、彼女の腕から弾け飛んだ。

「きゃっ……！」

「アウト！」

セシルが言う。

「ほら、言ったでしょ。魔操球は魔力で操るの。ちゃんとボールに魔力を流さないと、手で受け止めただけじゃ捕れないわ」

転がったボール——魔操球を小さな手が拾う。

「リコル、しんぱいむよう」

シャノンだ。

「シャノンがかたきとる」

自信満々で彼女は言った。

「って、お猿っ！　あなたはこっちのチームでしょっ！」

シャノンの隣でアナスタシアが声を荒らげる。

「だいじょうぶ！　リコルのチームのラルクをたおして、リコルのかたきとる！」

シャノンは、相手チームのラルクを睨む。

「暗殺集団でももう少し仁義がありますわよ……」

アナスタシアがぼやくようにつっこんだ。

「アナシー、かたぼうかつぐか？」

「お黙り」

ぴしゃり、とアナスタシアが言い、シャノンに手を差し出す。

「貸しなさいな。そもそも、あなた、練習で一度もまともに魔操球を投げられなかったでしょ」

すると、シャノンは不敵に笑った。

「シャノン、ほんばんにつよい」

自信満々なシャノンを見て、アナスタシアが呆れた視線を向ける。

「言っておくけど、わたくし馬鹿が嫌いなの。特に無駄なことをするお馬鹿とは口を利きたくないわ」

アナスタシアは言った。

「やるなら、ちゃんとやりなさいよ」

「3びょうご」

シャノンはボールを持って助走する。

「アナシーのあっとおどろくかおがみえる！」

シャノンはボールを振りかぶり、思い切り投げつける。それは床にぶつかり、跳ね返って、シャノンの顔面にヒットした。

「お馬鹿っ！」

あっと驚いた顔でアナスタシアが声を上げた。

その一部始終を、校舎の屋根でイヌワシがじっと見つめている――

§　§　§

アンデルデズン研究塔。所長室。

魔法球にはボールを顔面にぶつけたシャノンの顔が映っている。使い魔であるイヌワシの視界が、そこに映っているのだ。

「なにか見つかったかね？」

ジョージ所長が、威圧的に聞いた。

「い、いえ。なにも」

部下の一人がそう答える。

「あの……シャノン・シュベルトを調査してどうするんでしょうか？　見たところ、普通の女の子のようですが……？」

不審に思った魔導師がそう尋ねる。

だが、ジョージは冷たく彼を見返す。

「それは君が考えることかね？」

「い、いいえ。申し訳ございません！」

恐縮したように部下が頭を下げる。

《ゴルベルドの口ぶりからして、あの娘にはなにかある。それがアイン・シュベルトの弱味につながれば、歯車大系の権利（ライセンス）を譲渡させる脅しにも使える。一挙両得よ》

ジョージは胸の内で暗い情念を燃やす。

彼の頭に浮かぶのは、「わきまえるのはどっちだ？　一介の魔導師風情（ふぜい）の新魔法が欲しいんじゃなかったのか？」と言い放つアインの顔だ。

《礼儀知らずの無学位風情が！　私は四〇年の努力の末、魔導博士の学位をとった男だぞ。必ず後悔させてやる!!》

§　§　§

湖の古城。エントランス。

「魔操球の器工魔法陣は比較的簡単に起動できる。幼等部でドッジボールをやるのは、遊びながら魔力制御を覚えるためだ」

帰ってきたシャノンから話を聞き、アインがそう説明した。

「つまり、魔操球でドッジボールができなければどんな魔法も使えん」

「シャノン、まほうつかえん」

がっくりとシャノンが肩を落とす。

「ちゃんと教えてますの？　幼等部でも魔操球が投げられない生徒なんていませんわ」

シャノンについてきたアナスタシアが言った。

「シャノンは魔力が強い分、制御が難しい。今はこんなもんだろ」

「……じゃ、シャノン、ドッジボールかてない？」

「ドッジボールは魔力制御訓練の一環だ。勝ち負けに意味はないぞ」

すると、シャノンは悲しげに目を伏せた。

「でも……みんな、たのしそうだよ。あてたり、あてられたりするの。シャノンは、へただから、だれもねらわないの……」

それを聞き、アインは押し黙る。

「そもそも魔法の実技が始まる前になんとかしませんと、落ちこぼれますわよ」

「心配だから練習の手伝いに来たのか」

アインがそう言うと、「なっ……！」とアナスタシアが驚く。

シャノンが嬉しそうに彼女に抱きついた。

「アナシー、ありがとー！」

「ち、違いますわよっ。足を引っ張られるのが嫌なだけですわっ」

アナスタシアは引き剝がそうとするが、シャノンはじゃれついて離れない。

「練習するなら魔操球が必要だろう」

ギーチェが言った。

「よし。魔操球技館に行くぞ」

アインたちは古城を後にした。

§　§　§

魔操球技館。

室内には石畳が敷き詰められており、ドッジボール用のコートになっている。

アインたちの他に利用者はいないようだ。

窓にはイヌワシがとまっていた。

「シャノン、魔操球をどう投げているか見せてみろ」

アインがカゴから一つ魔操球を取り出し、放り投げる。

シャノンがそれをキャッチすると、思い切り振りかぶった。

「まりょく、ぜんかい！」

投げられた魔操球がまたしても床に当たり、壁、階段の手すりを跳ね返り、シャノンの頭に当たった。

「狙ってもそうはならないでしょっ」

アナスタシアが声を上げる。

「魔操球は魔力を流すと手に吸いつく」

アインが言いながら、魔操球を拾う。まったくつかんでいないのにもかかわらず、魔操球は手の平に吸いついている。

「魔力が切れたところで飛んでいくから、そうなる」

シャノンはちょうど投げ終えた頃に気を抜いて魔力が切れるため、魔操球が床に叩きつけられているのだ。

「いいか。二度、連続して同じ強さの魔力を流す。これが起動魔力だ」

アインが魔操球を突き出し、二度魔力を流す。

すると、弾き出されたように魔操球が飛んでいった。

「そうすれば、魔操球は自ら飛んでいく」

魔操球は壁に当たって戻ってくる。

アインはそれを片手で捕球した。

「にかいまりょく、うまくできない」

「魔力を全開にするからでしょ」

アナスタシアがそう助言した。

「ぜんかい、よくないか？」

「全力疾走と急停止を二回繰り返すようなものよ。歩く、止まるを繰り返すのとどっちが簡単かしら？」

アナスタシアに言われたことを考え、シャノンは言った。

「あるくほう！」

「じゃ、それでやってみたらいかが？」

シャノンはこくりとうなずき、アインに両手を広げた。

「ぱぱ、ボールちょうだい」

アインは魔操球を放り投げる。

シャノンはそれを嬉しそうに受け取った。

「あるく」

シャノンは微弱な魔力を魔操球に伝える。

「そうよ。それで一回止めて、もう一回流す」

「あるく!!」

ピカッと光り輝くほどの強力な魔力が魔操球に伝わる。

「強すぎるわよっ!!」

あまりにもかけ離れた強さの魔力放出に、思わずアナスタシアは叫んでいた。

§　§　§

練習用の魔操球が床に二、三個転がっている。

あるく、あるく、あるく……そんなシャノンの声と、魔力放出の光が繰り返される。

シャノンの魔力制御は未熟の一言で、放出される魔力の強さはバラバラだ。

当然、一度たりとも起動魔力にはならず、魔操球を投げるどころではなかった。

「はしる！」

全力で投げた魔操球が再び床を跳ね返って、シャノンの頭に当たった。

「なんで全開にするのよっ!?」

たまらず、アナスタシアがつっこむ。

「はしりたくなた！」

「理性を捨てないでちょうだい……」

呆れたようにアナスタシアが言った。

「それと魔力の流れが複数できてるわよ。魔力の出口である指先の一点だけに整然とした流れを意識してちょうだい」

「いや」

それまで練習を観察していたアインが言った。

「今のでやってみよう」

と、アインは持っていた魔操球をシャノンに投げる。

「はあ？　どうしてですの？　体の中に魔力の流れがいくつもできれば、それが放出魔力の邪魔をしますし、制御が不安定になりますわ」

「観察していたが、魔力流が多い方が安定している。それも全開のときの方がいい」

「流れを複雑にした上に、魔力を全開で？　セオリーは逆でしょう？」

「普通はそうだが、シャノンの魔力は普通じゃない。上限が大きい分、小さく制御するのも難しい。巨人に蟻をつまめって言ったら、相当器用さがいるだろ」

「……それは、そうですわね……」

半信半疑ながら、アナスタシアが同意する。

「いいか、シャノン。これまでと逆だ。全開の魔力で、体中を満たせ」

「とくいぶんや！」

元気よく返事をして、シャノンがボールを掲げる。

「ぜん・かい！」

シャノンが光り輝き、体中が強い魔力で満たされていく。

アインは魔眼で彼女を観察する。

《仮説通りだ。魔力の流れを増やして体を満たしてしまえば、大きな流れが一つになる。強い魔力がなければできないが、これならば逆に安定する》

そう思考して、アインは言った。

「いいぞ、シャノン。そのまま一度止めて、もう一度放出してみろ」

「とめる！」

シャノンが言われた通りに、魔力を止める。

そのときだった。

彼女の頭に、声が響く。

――隷属せよ、支配し、従え、掌握せよ。

其はすなわち、【本を開くもの】。

瞬間、彼女の体から異様な魔力が溢れ出した。

《なに……？》

ギーチェが目を丸くする。

《魔力暴走……！》

アインがそう判断した瞬間、荒れ狂う魔力が室内を切り裂いた。

§24. リスク

シャノンを中心に魔力の暴走が巻き起こる。

みるみる膨れ上がる魔力の規模は第十位階を超える勢いで、室内をズタズタに切り裂いていく。

「な、なにが起きていますのっ……!?」

咄嗟(とっさ)の出来事にアナスタシアは理解が追いついていない様子だ。

こんなことは起きるはずがない。

少なくとも彼女の常識ではそうだった。

「魔力暴走だ。下がりなさい」

ギーチェがアナスタシアを庇(かば)うように彼女の前に立つ。

その横を通り、アインは迷わずシャノンの方へ歩いていく。

「アイン。不用意に近づくな」

「心配いらん」

アインは手を突き出し、歯車魔法陣を描く。

「これを止めるのは二度目だ」

【第五位階歯車魔導連結（ヴォルテクス）】が撃ち放たれ、それはシャノンが手にした魔操球（まそうきゅう）を破壊した。

すると、激しく渦巻いていた魔力暴走がピタリと止まる。

「怪我（けが）はしてないか、シャノン」

アインはしゃがんで、彼女の顔を覗（のぞ）き込（こ）む。

すると、彼女はアインの背中に隠れて、キョロキョロと辺りを見回し始めた。

「……？　なに探してるんだ？」

「あくまきた……!!」

「悪魔など来るわけがない。ただの魔力暴走だ」

アインがそう言うと、シャノンは彼を見上げた。

「あくまきてないか？」

「大丈夫だ。それより、痛いところはないのか？」

シャノンはぱっと顔を輝かせて、胸を張る。

「むきず！」

「そうか」

と、アインは安堵（あんど）したように笑みを見せた。

「……どういうことですの？　魔操球で起きる魔力暴走は、第二位階までのはず。今のは第九……いえ、第十位階以上ですわ」

不可解そうにアナスタシアが聞く。

「わからん」

「はあ？」

「だが、止めただろう」

なにか知っているはずだ、とギーチェは言外に含ませる。

「以前に歯車大系の器工魔法陣で同じことが起きた。シャノンの強い魔力と歯車大系によるものと思っていたが……」

「魔操球は風轟大系だ」

そして、魔操球でこのような魔力暴走が起きた例はない。

それらを総合するならば、

《つまり、原因はシャノンにある。【白樹】がシャノンをさらったのも、このことに関係があるのか？　だが、魔力暴走を起こしてどうする……？》

そうアインは考える。

「よし。シャノン、今のはよかったぞ。もう一度だ」

「待て待て待て」

アインを壁際まで連行していき、ギーチェは小声で言った。

「なんのつもりだっ？　また魔力暴走を起こしたいのかっ？」

「正気の沙汰じゃありませんわっ！」

アインを見上げながら、アナスタシアも咎めてくる。

「魔力暴走を起こさなければ、原因も予防法もわからん。魔操球や器工魔法陣に触れる機会はこれから山ほどある」

「もう少し慎重な方法を考えろ。魔法実験じゃないんだぞ」

「リスクを遠ざけるばかりが安全じゃないだろ」

「シャノンの気持ちを考えろと言っている」

思いもよらない方向からの指摘だったか、アインは一瞬考える。

「……すぐに解明できた方が安心するんじゃないのか？」

「目の前で魔力暴走が起きたんだ。怖いに決まっている。シャノンはまだ五歳なんだぞ」

「……それは、考えが足りなかった」

「見ろ。すっかり怯えて――」

ギーチェが振り向く。

すると、シャノンは魔操球を手にして、先ほど同様、全身に魔力を満たそうとしている。

「シャノン、つぎはうまくできるきがする！」

　アインがギーチェを振り向く。

「シャノンの気持ちがなんだって？」

「貴様も考えが足りなかったと認めただろう」

　などと二人は小競り合いをしている。

「ぱぱ、だでぃ。サボってないで、ちゃんとして！」

　シャノンが可愛らしく父親二人を叱りつけた。

「シャノン。本当に大丈夫か？　こいつの言うことを聞かなくてもいいんだぞ」

　ギーチェがアインを指しながら言った。

「シャノン、ボールなげられるようになりたい！　アナシーにかって、ドッジボールのおうさまなる！」

「どうせまた同じチームだから無理よ」

　アナスタシアは冷静に言う。

「よちのうりょく？」

「だって、わたくしとあなたでチームバランスをとってるんだもの。戦力が偏りすぎたら、ゲームにならないでしょ」

　アナスタシアの実力はクラスでも群を抜いている。

　そのため、群を抜いて下手なシャノンと同じチームになっているということだ。

「じゃ、うらぎる！」

「やめなさいよねっ！」

さすがのアナスタシアも味方コートからボールが飛んできたらたまったものではないだろう。思わずといった風に彼女は声を荒らげた。

「始めるぞ。シャノン、さっきと同じだ。もう一度やってみろ」

と、アインが言う。

「ぜん・かい！」

言われた通り、シャノンは全身に魔力を満たす。

アインは魔眼を光らせ、それを観察していた。

「とめる！」

瞬間、またしても彼女の体から異様な魔力が溢れ出した。

それは次第に荒れ狂い、魔力暴走に発展していく。

アインは冷静に【第五位階歯車魔導連結】でシャノンの手にした魔操球を撃ち抜いた。

フッと魔力暴走が止まる。

彼は首を捻った。

「やはり、原因がわからん。まずは」

「その前に、場所を変えるべきだ。人が来たら、迷惑がかかる」

と、ギーチェが言った。

「わかっている。魔操球を買って帰るぞ」

§　§　§

湖の古城。エントランス。

「安全な練習法を考える。待っていろ」

「あい！」

アインの言葉に、シャノンは元気よく返事をした。

「アナシー、シャノンのへやであそぼー」

シャノンはアナスタシアの手をつかみ、玉座の間の方へ歩いていく。

「チェスでもするの？」

「はぐるまごっこ！　かんぺきなはぐるまになるまで、アナシーかえれない！」

「……なによそれ？　大丈夫なやつなんでしょうね？」

シャノンはいつになく真剣な顔で言う。

「しをかくごして、のぞむべし！」

「は、はあぁぁ？　ちょっと待ちなさいっ。待ちなさいよ、お猿っ」

ニィッとシャノンが脅すように笑う。

「なにさせる気なのぉぉぉぉぉっ……!?」

アナスタシアを連行しつつ、シャノンは去っていった。

§　§　§

夜。

エントランス。

「準備できたぞ。この練習法なら、かすり傷一つ負わん」

「シャノン、むてきなれる！」

両腕を前に突き出し、転がっている魔操球にシャノンは触れた。そして、あたかもそのボールを受け止めているようにぐっと腰に力を入れる。

「それが無敵のポーズなの……？」

怪訝な様子でアナスタシアが彼女を見ていた。

「早速始めるぞ。魔操球を――」

リーン、と鐘の音が鳴った。

来客だ。

アインは玄関へ向かう。

扉を開けると、来訪者はシャノンの担任のセシルだった。

「セシルせんせー！　こんばんは！」

シャノンが元気よく挨拶をした。

「こんばんは、シャノンさん」

セシルがそう挨拶を返し、アインを見た。

「……すみません、こんな時間に。実はその……シャノンさんのことで、お話があって……」

「なんでしょう？」

「よろしければ、ギーチェさんと三人で」

ギーチェとアインが顔を見合わせる。

込み入った話ということだろう。

「では、中に……」

「ここで構わんだろう」

険のある声に、アインは聞き覚えがあった。

セシルの後ろにいたのは、アンデルデズン研究塔のジョージ所長だ。

「魔法省はシャノン・シュベルトの通学停止を申請した。早い話、貴様の娘は二度と学院に通えんということだ」

勝ち誇ったような顔で、彼はそう言った。

§25．魔導災害指定

湖の古城。玄関前。

「魔法省はシャノン・シュベルトの通学停止を申請した。早い話、貴様の娘は二度と学院に通えんということだ」

アンデルデズン研究塔、ジョージ所長は下卑た笑みを浮かべながら、そう言い放った。

「……あ、あの……」

それに異議を唱えたのは、担任のセシルだった。

「通学停止は一時的なものですから、二度と通えないということは……」

はあ、とこれみよがしにジョージがため息をつく。

「君はなにを聞いていたのかね？　この娘は魔操球（まそうきゅう）を使うだけで、魔力暴走を引き起こすのだぞ」

嫌みったらしく、彼は言った。

「……ただ、彼女にも学ぶ権利が……」

「権利？　もし学院で魔力暴走が起きればどうだ？　沢山の生徒が大怪我をする！　君はたった一人の生徒を通学させるために、他の生徒たちは危険に曝してもいいと言うのだね？」

「そういうわけでは……」

「では黙っていたまえ」

ぴしゃり、とジョージは言い切った。

「さて。なぜ研究塔所属の私が、学院に命令できるか不思議だろうね。頭を下げるなら、教えてやってもいいが……」

ほくそ笑みながら、ジョージがそう言うと、

「魔導災害指定か」

さらりとアインが答えを出した。

「魔法省に所属する魔導博士以上の学位を持つ魔導師は、制御し難い魔導物を災害に指定し、警告を促すことができる。これが人間に適用された場合、魔導学院は慣習的に敷地への立ち入りを禁止している」

魔法省の研究塔に所属する魔導師は、魔導学院へ直接命令ができるわけではないが、アインの説明にあった通り、間接的にはそれに近いことが可能なのだ。

ジョージはニヤリと笑みを覗かせた。

「君の態度次第では、解除を考えなくもないのだがねぇ」

《歯車大系の権利(ライセンス)をよこせ、か》

アインは即座にジョージの目的を理解した。

「それとも、そこまでする義理はないかね？　こんな化け物娘のためには」

「ジョージさんっ！　それは……！」

セシルが思わず声を上げる。

アインはジョージを睨(にら)みつけていた。

「事実だろう？　こんな悪魔が隣にいては、他の生徒もおちおち勉強してはいられんよ」

「……あくま…………？」

目を丸くしたシャノンに、ジョージは顔を近づける。

「そうだよ、悪魔のシャノン君、君も迷惑をかけている自覚ぐらいあるだろ――」

言い切る前に、アインはジョージの胸ぐらを掴(つか)み上(あ)げる。

「よしたまえ、野蛮人！　気に入らないことがあればすぐ暴力かね？」

「取り消せ」

殺気だった冷たい視線が、ジョージに突き刺さる。

「今なら暴力で許してやる」

その眼光に気圧(けお)され、ジョージの体がビクッと震える。

「は、離せっ！　失敬な！」

アインの手を炎の魔法で振り払い、ジョージが一歩後退する。

「いいか、明日までに頭を冷やしてよーく考えておけ。でなければ、貴様の娘は一生学院に通えないと思えっ！」

そう言い捨てて、ジョージは踵(きびす)を返(かえ)したのだった。

§　§　§

湖の古城。エントランス。

「さっきのおじさん、どーしておヒゲとかみのけ、つながってたのかな？」

セシルとジョージが帰った後、シャノンの第一声がそれだった。

「…………」

アインは一瞬考えた後、

「ヒゲが好きなんだろうな」

と、投げやりに言い、

「途中からはもみあげって言うんだぞ」

ギーチェが続いた。

「あなたたち、なにをおっしゃってますの？」

アナスタシアは白い視線を親子三人に向けていた。

「シャノン。あのおじさんの言ったことは気にしなくていいからな」

ギーチェが優しく言う。

「いったこと？」

「学院に行けなくなると言っていただろう」

「シャノン、やるなっていわれたら、やりたくなるおとしごろ！」

シャノンがえっへんと胸を張る。

「よし」

アインが言い、

「よしじゃない」

と、ギーチェが返した。

「ですけど、実際、魔導災害指定はどうなさいますの？」

アナスタシアが素朴な疑問といった風に聞いた。

「魔力暴走がある程度、制御できるようになればやりようはある」

アインはそう答え、魔操球(まそうきゅう)を手にした。

「要はこれだ。やるぞ、シャノン」

「やるのなし！」

シャノンが両腕を交差した。

「はっ？　急になんでだ？」

意味がわからないといった風にアインは聞く。

「まりょくぼーそー、きけんがあぶない！」

堂々と胸を張ってシャノンは言った。

「やはり、先程の話を気にしているのか？」

ギーチェが聞く。

「モミーおじさん、かんけいなし！」

「……だって、オマエ、危険に突っ込んでいくタイプだろ？」

アインが言う。

「シャノン、とつぜん、きがついた！」

「シャノン」

アインは座り込み、優しい顔で言った。

「本当はどうしたんだ？」

「あーぶーなーいー、たーすーけーてー！」

シャノンは体全体を使い、大げさに魔力暴走にやられているポーズをとっている。

アインたちは啞然としながら、しばしそれを眺めた。

「……シャノン。オレは合法なだけの禁呪と呼ばれた【永遠世界樹】を制御していた男だ」

「自慢にならんぞ」

「自慢になりませんわ」

ギーチェとアナスタシアが見事にハモっていた。

「危ないから、安全な練習法を考えたんだ。見ろ。これがその理論式だ」

アインは素早く魔法文字を床に書いていく。

「キモはあらゆる角度から魔力を感知し続けること。これまでの魔力暴走の事例と照らし合わせることで、素早く異変を察知する。つまり――」

「アナシーいこ、つづきする！」

シャノンはアナスタシアの手をつかみ、玉座の間へ向かって歩いていく。

「え？　ちょ、ちょっと！　続きって、もしかして……!?」

「はぐるまごっこ！　かんぺきなはぐるまになるまで、アナシーかえれない！」

「いやあああぁぁぁぁぁぁ、もう歯車にはなりたくありませんわぁ――――!!」

アナスタシアを連行しつつ、シャノンは去っていった。

アインはそれを呆然と見送りながら、頭をひねった。

「……今までケロッとしてたのに、急に怖じ気づくか？」

「まだ五歳だ。突然、怖くなることもある」

ギーチェが言う。

「だから、怖くなった理由を取り除けばいいんだろ？」

「理由は話してもらえなかっただろう。そういうところだ、アイン。まず信頼関係の構築が先だ」

「当たりぐらいはつけられるだろ。シャノンが言ってたことを思い出してみろ」

アインの言葉に、ギーチェが考える。

「あのおじさん、ヒゲと髪の毛がなぜつながってるのか？」

「それじゃないのは確かだ」

ギーチェは再び考え、

「…………モミーおじさん」

「ヒゲから離れろ」

アインがそうつっこんだ。

「あとは、危険が危ないぐらいだ。やはり、ホットケーキを焼き、信頼関係を――」

ギーチェが言葉を切り、怪訝な視線を送る。

アインがはっとした表情を浮かべていたからだ。

「それだ。わかったぞ、ギーチェ。危険が危ないんだ……！」

「私はわかってない。説明しろ」

「オレは魔法実験における完璧な安全性を証明した。だが、シャノンは納得しなかった。なぜだ？」

「理論式を書かれてもな」

ギーチェが身も蓋もないことを言った。

「そう、オレの理論は安全ではあっても、安心がなかったからだ。これなら大丈夫という気持ちにさせなかった。つまり、子どもに理解させるぐらい安心な魔法実験を行えばいい！　そうすれば、シャノンも怖がらないはずだっ！」

「まあ……安心すれば、理由を話す気になるかもしれないな」

ギーチェはフッと微笑んだ。

「少しは父親らしくなったな、アイン」

「オレがこれまで却下されてきた魔法実験も同じ理由だ。申請塔のお偉い魔導師はリスクをゼロにできないことを理解しないと思っていたが、違う。大事なのは安心感だ。逆に言えば」

アインはこの世の真理を見つけた偉大なる魔導師のように言った。

「どれだけ危険だろうと、安心感さえ出しとけばいける！」

「安全も大事だぞ」

ギーチェがさらりと言った。

彼の顔にはやばい魔導師がやばい結論に辿り着いてしまった、と書いてある。

「よし、やるぞ。安心感を開発する！」

「……では、完成した頃にまた来よう」

関わり合いにならない方がいいと思ったか、くるりと踵を返すギーチェ。その背中をアインがつかんでいた。

「手伝うよなぁ、ギーチェ」

鬼気迫る眼光でアインが言う。

「……もちろんだ」

異様な気迫に押され、ギーチェはそう答えたのだった。

§26. 悪魔の声

玉座の間。

「はぐるまのポーズ」

その号令に合わせて、シャノンとアナスタシアは手足でなんとなく歯車っぽいポーズにした。

と、シャノンは側転の要領で右手、左手、頭、左足、右足の順番で床につき、くるくると回転していく。

「できる！」

シャノンの無茶な要求に、アナスタシアは声を上げる。

「できるわけないでしょっ！」

「かいてん！」

「どうなってるのよっ⁉」

実際に見ても理解できないと言わんばかりに、アナスタシアが声を上げた。

魔眼、魔力制御など魔法技術は拙いものの、その運動神経は目を見張るものがある。

「まったく。本当にお猿ね……」

アナスタシアが呆れたようにシャノンを見る。

「でも、本当にこんなことしてていいの？」

逆立ちをしながら、シャノンは疑問の表情を向けた。

「ちがうあそびがいいか？」

「遊びはなんでもいいわ。魔操球の練習しなくていいのってことよ」

すると、シャノンはへにゃへにゃと脱力して、床にうつぶせになった。

「…………」

「魔力暴走は危険だけれど、あなたがそれをわかってるとはどうも思えないのよね。本当はなにが怖いのよ?」

アナスタシアが問う。

「……あのね……」

そのとき、玉座の間の扉が勢いよく開け放たれた。

入ってきたのは、アインとギーチェである。

「シャノン! 開発してきたぞ。安心感を!!」

世紀の大発明をした魔導師のようにアインは言った。

彼は大股でシャノンに歩み寄っていく。

「これでオマエもドッジボールの練習ができる」

「きけんがあぶない!」

シャノンは怯えたようにアナスタシアの背中に隠れる。

だが、アインはニヤリと笑った。

「危険はもう安心だ」

そう言いながら、アインが取り出したのはボールである。

ただのボールではない。

「ねこさん!」

シャノンが声を上げる。

そのボールには猫の顔が描かれているのだ。

無論、それだけではない。

『ボクは猫ボールのネコボ』

「しゃべたっ⁉」

口をあんぐりと開けてシャノンが驚く。

『ボクには魔操球の術式もあるんだ。ボクと一緒に練習しようよ。安全だよ』

「……きけんがあぶなくない…？」

『ボクには魔操球の術式もあるんだ。ボクと一緒に練習しようよ。安全だよ』

アナスタシアが怪訝な顔つきになった。

シャノンはきょとんとしている。

更にネコボは繰り返す。

『一緒に練習しようよ。安全だよ。練習しようよ。安全だよ。安全だよ。練習しようよ。安全だよ』

《音水晶で録音した音を流してるだけね……いくらなんでも、こんな子ども騙しで……》

「まちがいなくあんぜん！」

「どう考えたらそうなるのよっ⁉」

思わずと言った調子で、アナスタシアがつっこむ。

「ネコボあんぜんっていってる!!」

シャノンは手にしたネコボをアナスタシアに突き出す。

「安全だよ」

と、ネコボが繰り返した。「じゃ、もうそれでいいわよ……」とアナスタシアは投げやりだ。

「どうだ？　これで沢山、練習できそうか？」

アインが言う。

「……ぱぱ、だでぃ、ごめんなさい……」

「どうして謝るんだ？」

と、優しくギーチェが聞く。

「ぱぱ、けんきゅうある。だでぃ、せいぐんある。でもネコボ、つくってくれた」

「私は非番だし、アインもこれぐらいはなんでもない。父親なんだから、シャノンのためなら喜んでなんでもやるぞ」

「…………」

物言いたげな目でアインはギーチェを睨む。

「……あのね……シャノン……」

手をきゅっと握り、シャノンは唇を引き結ぶ。

上目遣いで彼女は二人の父親を見た。

そうして、勇気を振り絞るように言った。

「……シャノン……あくまのこえが……きこえるのっ……！」

ギーチェとアナスタシアは目を丸くする。

深刻そうな様子とは裏腹に、あまりにも突拍子もない言葉だったからだろう。

アインだけは思うところがあったか、真面目な顔で考え込んでいる。

「あくまのこえ、きこえると、わるいことがおこるの。シャノンがいると……わるいことおこる……」

悲しげに、シャノンは言う。

「さっきアインも言ったが、悪魔はいない。悪いことが起きても、それがシャノンのせいなんてことは……」

ギーチェが優しく彼女を宥めようとしたそのとき、アインが彼の言葉を手で制した。

「シャノン。前の魔力暴走のときも、悪魔の話をしていたな」

古城を半壊させたときだ。

そのときも確かに、「あくまをよんでごめんなさい」と口にしていた。

悪魔というのは魔力暴走という単語を知らないシャノンがそう言っただけのことだとアインは思っていた。

だが――

「オマエ、本当に声が聞こえているのか？」

シャノンは怖ず怖ずと、しかし、確かにうなずいた。

ギーチェとアナスタシアが視線を鋭くする。

「あくまのこえするから、こわかった。シャノンをたべにくるとおもったの。でも、ぱぱ、あくまこないっていった」

シャノンが訥々と語る。

「シャノン、よかったっておもった。あくまこないから、シャノンはげんき」

言葉は拙いが、彼女は必死に説明しようとしている。

「でも……ふしぎだったの。あくまこないのに、いつも、わるいことおこる……」

シャノンはぎゅっと拳を握る。

震える声で、怯えるように、彼女は言うのだ。

「……シャノンが……あくまだから……？」

「そんなことはない」

そうギーチェが言ったが、シャノンは納得しない様子だ。

「……ぱぱも、そうおもうひと？」

アインは一瞬、無言になった。

「魔力暴走は……オマエが原因の可能性もある。今はわからん」

「おいっ。そんな馬鹿正直に……！」

ギーチェが子どもに言うなとばかりに彼を睨む。

シャノンは目にいっぱいの涙を溜めて、アインに聞いた。

「シャノン……もうがくいんいけない……？　みんな、シャノンのこと、きらいなるかな……？」

「そんな心配はいらん。すぐに行けるようになる」

そうアインは答える。

「まりょくぼーそー、シャノンのせいなのに……？」

「それは違う」

「でも、ぱぱ、さっき……」

釈然としない様子のシャノンに、アインは理路整然と説明する。

「わからないと言ったのは原因の話だ。たとえオマエが魔力暴走の原因だったとしても、それはオマエのせいじゃない」

言い回しが難しかったか、シャノンは首をかしげた。

「……じゃ、だれのせい……？」

「オレだ。オマエの父親だからな」

悲しげだったシャノンの瞳が、僅かに柔らかくなった。

アインはネコボを指さし、言った。

「オレには、オマエに気軽にドッジボールをさせてやる義務がある。悪魔だろうと、なんだろうと、止めてやる」

「……でも、あくま、つおいよ……？」

「頭の出来が違う」

すると、はっと気がついたようにシャノンは言った。

「ぱぱ、【マギ】になるひと！」

「そうだ」

すると、シャノンは安心したように笑った。

「ドッジボール、れんしゅーする！　クラスのみんなのどぎもぬく！」

シャノンがネコボを手にして、元気いっぱいに突き出す。

すると、器工魔法陣が反応し、弾き出されるように飛んでいく。壁に当たって跳ね返り、床に落ちて、コロコロと転がった。

「今の……」

「魔操球が起動できている」

アナスタシアとギーチェが目を丸くして、そう言葉を漏らす。

「シャノン」

転がるネコボを拾ったシャノンが振り向く。

アインが人差し指を立てた。

「今の調子でもう一回やってみろ」

元気を取り戻したシャノンとともに、アインたちは魔操球の練習を行ったのだった。

§　§　§

玉座の間。

月明かりが注ぎ込み、ベッドのシャノンを照らしている。

彼女はすやすやと寝息を立てている。寝相が悪いのか、布団は脇にはねのけられていた。

アインがやってきて、布団をシャノンにかけ直した。

我が子の寝顔を、彼はじっと見つめる。

思い出すのは、無垢な涙だ。

——シャノン……もうがくいんいけない……？　みんな、シャノンのこと、きらいなるかな

……？

アインはぐっと拳を握る。

そして、踵を返し、【魔音通話】の魔法を使った。

魔音の通信がつながると、声が聞こえてきた。

『やあ。珍しいね。どうかしたかい?』

アインは言った。

「頼みがある」

§27. 安全性

二日後──

アンデルデズン魔導学院・幼等部。校舎前。

生徒たちが続々と登校してきており、校舎の中に入っていく。

校門前では手を振っている大人がいる。生徒の親だろう。幼等部では基本的に親が送り迎えをしているのだ。

そんな中、一人で登校してきたのはアナスタシアである。

「アナシー」

と、聞き覚えのある声に、彼女は振り向く。

アインとシャノンがそこにいた。

「おはよー」

「……もう通学できるようになりましたの？」

不思議そうに彼女は聞く。

「学長と会う約束を取りつけた。通学停止の権限があるのは学院だからな。シャノンの安全性を証明すればいい」

「じかだんぱん！」

と、シャノンが意気込みを見せる。

「魔法省に見つかったら、面倒くさいですわよ」

「大丈夫だ。上手くやった」

そう答え、アインは学長室へ向かった。

§　§　§

「上手くやった――とでも思ったかね？」

学長室でアインを出迎えたのはジョージである。

「君の動向は常に監視されていたのだよ。魔法省を通さずに、学院に働きかけるなど無学位の考えそうな浅知恵だ」

ニヤリ、とジョージが下卑た笑みを覗かせる。

「魔導災害に指定したシャノン・シュベルトの安全性を証明する——と、アイン君は言い出したのだったね、ジェロニモ学長」

ジョージは困り果てた様子のジェロニモに言った。

「いや、その……なんと申しますか……」

「そうです」

穏便に済ませたいジェロニモは言葉を濁したが、副学長のリズエッタがきっぱりと断言した。

「よろしい。では、私が直々にその安全性を確認させていただく、ということで構わんね？」

「……も、もちろんですとも……」

ジェロニモはそう答えるしかない。

魔法省の魔導師であるジョージの立ち会いを拒否する理由はないのだ。

「その娘は魔操球を使う際に、魔力暴走を引き起こす」

ジョージの手から魔力の粒子がこぼれ、そこに魔操球が現れた。

「論より証拠だ。投げてもらおう」

彼は歩いていき、

「もちろん、まともに投げずに審査を誤魔化そうとすれば厳しく処罰する」

そう説明しながら、シャノンの前でしゃがみ込む。

彼女に魔操球（まそうきゅう）を手渡しながら、脅すように言った。

「シャノン君、これをちゃんと投げられなければ、君は二度と学院に通えなくなってしまうよ。お友達ともお別れだ。気をつけたまえ」

シャノンはボールを抱き、少し不安そうにうつむいた。

「練習通りやれば大丈夫だ」

アインがそう言った。

すでに彼はキャッチボールができるように距離をとり、シャノンの方をまっすぐ向いている。

シャノンはじっと魔操球（まそうきゅう）を見つめ、父親との練習を思い出していた――

§　§　§

昨夜。

湖の古城。エントランス。

「やあっ……！」

と、シャノンがネコボを突き出す。しかし、魔操球(まそうきゅう)は起動せず、ぽてんと床を転がった。

彼女はむむむ、と頭を悩ませる。

「――さっき、オマエが魔操球(まそうきゅう)を起動できたのは全身を魔力で満たせたからだが、なぜ上手(うま)くいったかわかるか？」

「ネコボ！」

と、シャノンがネコボを持ち上げる。

「魔力が漏出するほどの出力だったからだ。普通なら、損失(ロス)が多すぎて全身を魔力で満たすことはできんが、オマエの場合は魔力があり余っている」

「シャノン、もうあくまこわくないから、おもいきりやった！」

アインへの信頼ゆえだろう。元気よくシャノンは言う。

「手加減はいらん。悪魔をぶっ飛ばすつもりで思い切りやれ」

それがアインの助言だった。

§　§　§

学長室。

「ぶっとばす！」

シャノンの体に魔力が満ち、魔操球に魔力が伝わる。

「とめる！」

一度、魔力を停止して、シャノンは再び魔力を放出した。

「ぶっとばすっ！」

魔操球が起動し、勢いよくアインへ向かって飛んでいく。

彼はそれを片手でキャッチした。

「いいぞ。もう一度だ」

アインが魔操球を放り投げる。

シャノンはそれをキャッチすると、思い切り振りかぶった。

「ぶっとばすっ！」

つい数日前まではまともに投げることができなかったシャノンが、見事にキャッチボールを行っていた。

「おぉ」

「問題なくできていますね」

キャッチボールの様子を見守りつつも、ジェロニモとリズエッタが言う。

生徒を通学停止になどしたくはないのだろう。二人はうんうんとうなずいていた。

アテが外れたはずのジョージは、しかし、内心でほくそ笑んでいた。

「ただキャッチボールをしただけで安全とは言わんだろうね？」

ジョージがそう切り出す。

「魔力暴走を起こしたまえ」

「じょ、ジョージ所長っ！　今はそれが起こらないことを確認するために……！」

リズエッタが思わず声を上げる。

「この娘は安全なのだろう？　では、魔力暴走を起こしても、自分で止められなくてはなぁ」

勝ち誇ったようにジョージが言った。

「当然だ」

「なぁにぃ……？」

アインが当たり前のようにそう口にすると、ジョージが眉をひそめた。

「シャノン、暴走させろ」

アインが魔操球を放り投げる。

シャノンはそれを受け取り、「ぼ～そぉぉ～」などと口にしている。

「シャノンが魔力暴走を起こす条件は二つ。一つが器工魔法陣。もう一つはシャノンが、それを掌握しようと意識すること。このとき、器工魔法陣ではなく、シャノンの魔力が暴走する」

そして、魔操球を頭上に掲げた。

「でんじゃらすシャノンっ！」

彼女がそう口にした瞬間、体から異様な魔力が溢(あふ)れ出(だ)した。

魔力暴走の予兆である。

「シャノンは掌握しようという意識が働くと、魔力が頭に集中する」

これまでシャノンが魔力暴走を起こしたのは、器工魔法陣をどうにか使いたいという想(おも)いが強かったときだ。それが掌握するという意識につながった。

「これは魔操球(まそうきゅう)を起動する要領で簡単に止められる。頭部に集中した魔力が分散すれば、魔力暴走は起こらない」

「ぶっとばす！」

シャノンの体に魔力が満ちた途端、魔力暴走はピタリと止まった。

「これで問題ないだろ――」

アインがそう言った瞬間、ジョージがニヤリと笑った。

彼は目の端に魔力の奔流を捉え、振り向いた。

「あ……！」

魔力暴走だ。

確かに止めたはずの魔力が荒れ狂い、室内を破壊しようと牙を剝(む)く。

アインは反射的に手を伸ばし、魔法陣を描いた。

「【零砲(ロア)】」

放たれた魔力の弾丸は魔操球の魔導核を正確に貫き、破壊する。

室内で荒れ狂っていた魔力がふっと静まり、暴走は止まった。

《条件を満たしていない以上、魔力暴走が起きるはずがない。ということは――》

そう考え、アインは床に転がっていた魔操球に手を伸ばす。

そのとき、【魔炎砲】が飛来し、それを燃やした。

「危ない危ない。魔力暴走の元は絶っておかないとなぁ」

ジョージが下卑た笑みを浮かべる。

彼が魔操球を燃やしたのだ。

「しかし、これで学長方にも、その娘が魔導災害に指定された理由がおわかりかな」

「違うな。オマエが持ってきた魔操球に細工があった」

鋭い視線でアインがジョージを見やる。

「言葉に気をつけたまえ。証拠はあるのか？」

「オマエが魔操球を燃やし、隠蔽を図ったのが証拠だ。それ以外に燃やす理由はない」

「安全のためだよ。再発の危険性がある」

「魔導核が破壊された以上、再発はしない」

ふん、とジョージが鼻を鳴らす。

「君の学位は？」

「魔法は学位によって形を変えないぜ」

するとジョージはジェロニモの方を向いた。

「ジェロニモ学長。まさか魔導博士の私より、無学位を信じるとは言わないだろうね？　魔導学院として正式に文書で通達してもらおう」

「……いや、そ、そのぉ……」

「アインが正しいよ」

と、ドアの向こうから声が響く。

「誰かねっ⁉　魔導博士の私に意見するとは何様のつも――」

ジョージが絶句する。

ドアを開けて現れたのは、【鉱聖】アウグスト。魔導学界に六人しかいない最高学位を有する六智聖の一人であった。

§28．魔導天秤

アンデルデズン魔導学院・幼等部。学長室。

「……あ、アウグスト……殿……どうして、ここに……？」

隣室からのドアを開け、姿を現したのは【鉱聖(こうせい)】アウグスト・レールへイヴ、現魔導学界にて最高学位を有する六智聖の一人である。

「私は魔導学院の顧問魔導師だよ。いても不思議はないだろう」

アウグストはそう答えた。

「人間への魔導災害指定。五年に一度出るかどうかの興味深い題材だ。面白いところに目をつけるね」

「ええ。まあ……」

ジョージが訝(いぶか)しげな視線を向ける。

《面白いだと……？　こやつの考えてることは昔から理解できん……》

「ただ」

アウグストは、床に残った魔(ま)操球(そうきゅう)の燃えカスを見下ろす。

「せっかくの研究材料を燃やしてしまったのはいただけない」

「……お言葉だが、六智聖のお一人が無学位の肩を持たれるのはいかがなものかと……」

「無学位？」

アウグストは首を捻(ひね)る。

「魔力暴走は器工魔法陣が原因のため、魔導核を破壊されれば止まる。燃やす必要はないはずだね？」

「……今回は特殊な魔力暴走のため、念には念を入れるべき、と」

アウグストの質問に、ジョージがどうにか回答する。

「それはどのような根拠があって？」

「……い、いや、それは……この場合、器工魔法陣ではなく、あの娘が原因なわけであって

……」

「余計に魔操球（まそうきゅう）を燃やす理由はないのでは？」

しどろもどろになり言い繕おうとするジョージに、アウグストは柔らかく切り込んだ。

「しかし……きっかけの一つになりかねず……」

「アインが魔導核を破壊して魔力暴走は止まったね」

アウグストは言う。

「門外漢の私としては魔導核が原因ではと思ってしまうのだが、それはどういう理屈かな？」

「……それは……」

すぐには答えられず、ジョージは押し黙る。

取り繕ったような理屈では、アウグストに看破されると思ったのだろう。

いつもならば魔導博士の学位で押し切っているところだが、六智聖が相手ではそうもいかない。

「誰しも間違いはある。ただ理屈を説明できないものは、魔導とは言えない。彼らに謝罪し、魔導災害指定を保留にすべきだと私は思うよ」

取り消しではなく、保留と言ったのは、ジョージの気持ちを汲んでのものだ。

魔導博士としての立場を守る代わりに、この件には関わらないこと。柔らかいアウグストの言葉の裏には、そういう意味が込められている。

だが――

「いえ」

無学位に頭を下げるなど、ジョージのプライドが許さなかった。

「魔導師としての経験と勘が、この娘が危険であると訴えておりますので。私の学位にかけて、保留にはいたしません！」

彼はそう言い放つ。

あたかも魔導災害を未然に防ごうとする正義の魔導師のように。

「確かに、経験と勘も馬鹿にはできないね」

「ありがとうございま……」

「ところで」

ジョージが頭を下げるのを制すように、アウグストは言った。

「今日は彼に頼まれて、魔力暴走の魔導ログを取りに来たんだ」

彼が手の平を上向ければ、魔力の粒子とともにそこに天秤が出現した。魔導天秤と呼ばれるものだ。

部屋の天井、四隅に設置されていた四つの石が魔導天秤のもとへ飛んできて、片方の皿の上に二つずつ浮かんだ。

アウグストは魔導天秤に魔法陣を描き、それを起動する。

魔導天秤の前に光のスクリーンが現れ、魔法文字がずらりと並ぶ。

「これが一度目の魔力暴走の魔導ログだ。アインが言った通り、シャノンの魔力が暴走しているのがわかる。興味深い結果だ。そして、二度目の魔力暴走だが――」

ジョージは絶句しながら、恐怖に染まった目をスクリーンに向けていた。

「魔操球の魔力が暴走している。つまり、シャノンに起因するものではない。それも、通常の魔操球では起こらない第五位階級の魔力暴走だ。どういうことだと思う？」

アウグストが淡々と尋ねる。

ジョージの体は震えていた。

「……そ、それは……」

「そう。魔操球が改造されていたということだね。じゃあ、最後の質問だ」

アウグストが問うた。

「これを持ってきたのは誰だった？」

　ジョージは答えない。

　答えられない。

　彼は激昂したように、アインを振り向いた。

「貴様っ！　嵌めおったな‼　汚い真似をっ！」

「勝手に嵌まったんだろ。汚いのはどっちだ？」

　シャノンは人差し指と中指を絡ませ、「えんがちょ」などと宣っている。

「ふんっ！　とっとと魔導協定違反で訴えればいい！　言っておくが、私の代わりに牢獄に入る部下などいくらでもいる！」

「では、六智聖の権限において、ジョージ・バロムの現学位に不適格を言い渡す」

「…………な……に？」

　信じられないことを聞いた、といった調子でジョージは聞き返していた。

「不適格要件は魔操球の魔導核を破壊しても、魔力暴走が再発する恐れがあると判断し、また具体的な理由を述べられなかったこと。三位階降格だ」

「……ま、待ってください。学位不適格？　あの権限は六智聖に箔をつけるためのもので、運用された事例はありませんし、そんな無法なことをしてはあなたの評価も……」

「構わないよ。私は省内政治に興味はないからね」

　目を丸くしてジョージはアウグストを見返した。

話が通じない、といった表情である。

「……も、申し訳ないことをしました……！」

一転してジョージはその場で土下座をした。

「私は……確かに罪を犯しました……‼　だが、それは……母の……死んだ母との約束だったのです。母は幼い頃から、私がいつか総魔大臣になるのを期待し、貧しい中、自ら食べるものすら惜しんで、魔導書を買い与えてくれたのです……！」

床に二粒、涙をこぼし、嗚咽混じりにジョージは訴える。

「けれども、私は病に冒され、まもなく母のもとへ。その前に成果を上げたかったのです！　それで歯車大系が欲しくて……うう……！　こんなやり方で死んだ母が喜んでくれるはずもないのにっ……！」

床に額をこすりつけてジョージは言う。

「どうか、どうか学位だけは！　他のことならなんでも！　いくらでもお金はお支払いします！　学位を失ってしまっては、天国の母に会いに行くことすらできませんっ‼」

すると、シャノンがアインの方を向いた。

「モミーおじさん、かなしきかこ？」

チッ、とアインが舌打ちする。

「わかった。顔を上げていいぞ」

ジョージが涙に溢れた顔を上げる。

アインは言った。

「オマエの母親、ピンピンしてるだろ。勝手に殺すな」

一瞬でジョージの涙が引っ込んだ。

「辺境にいる母のことまで調べて……!!」

「な。嘘だろ？」

と、アインはシャノンに言った。

彼女は「うそつき！　ずる！」とジョージを指さしている。

ジョージが屈辱に顔を赤く染めた。

アインがカマをかけたことに気がついたのだ。

《こ、コケにしおってぇぇ……！　後悔させてやる!!》

ジョージは妄執じみた眼光を放ち、魔法陣を描く。背を向けているアインやアウグストを不意打ちで殺そうというのだ。

「やめとけ」

アインが睨みを利かせると、ジョージはビクッと震えた。

心を読まれたのかと思ったのだ。

「降格した学位すら役に立たん体にはなりたくないだろ」

アインの殺気に気圧（けお）され、ジョージは意気消沈したように魔力を消す。

《おのれ……！　お、の、れぇぇぇぇ……!!　若造どもめがぁぁ……!!》

歯を食いしばり、床に這（は）いつくばりながら、彼は恨み節を声に出して叫（わめ）くことさえできないのだった。

第二章　シャノン暴走編　了

◉秋著作リスト

「魔王学院の不適合者
～史上最強の魔王の始祖、転生して子孫たちの学校へ通う～　1～12〈上〉〈下〉」（電撃文庫）
「魔法史に載らない偉人
～無益な研究だと魔法省を解雇されたため、新魔法の権利は独占だった～　1～2」（同）

本書に対するご意見、ご感想をお寄せください。

ファンレターあて先
〒102-8177　東京都千代田区富士見2-13-3
電撃文庫編集部
「秋先生」係
「にもし先生」係

本書は、「小説家になろう」に掲載された『魔法史に載らない偉人　～無益な研究だと魔法省を解雇されたため、新魔法の権利は独占だった～』を加筆修正したものです。
※「小説家になろう」は株式会社ヒナプロジェクトの登録商標です。

この物語はフィクションです。実在の人物・団体等とは一切関係ありません。

電撃文庫

魔法史に載らない偉人 2
～無益な研究だと魔法省を解雇されたため、新魔法の権利は独占だった～

秋

2023年 1 月10日　初版発行

発行者　山下直久
発行　株式会社KADOKAWA
〒 102-8177　東京都千代田区富士見 2-13-3
0570-002-301（ナビダイヤル）
装丁者　荻窪裕司（META＋MANIERA）
印刷　株式会社暁印刷
製本　株式会社暁印刷

●お問い合わせ
https://www.kadokawa.co.jp/（「お問い合わせ」へお進みください）
※内容によっては、お答えできない場合があります。
※サポートは日本国内のみとさせていただきます。
※ Japanese text only

※定価はカバーに表示してあります。

ISBN978-4-04-914814-5　C0193　Printed in Japan

電撃文庫　https://dengekibunko.jp/

電撃文庫創刊に際して

文庫は、我が国にとどまらず、世界の書籍の流れのなかで〝小さな巨人〟としての地位を築いてきた。古今東西の名著を、廉価で手に入りやすい形で提供してきたからこそ、人は文庫を自分の師として、また青春の想い出として、語りついできたのである。

その源を、文化的にはドイツのレクラム文庫に求めるにせよ、規模の上でイギリスのペンギンブックスに求めるにせよ、いま文庫は知識人の層の多様化に従って、ますますその意義を大きくしていると言ってよい。

文庫出版の意味するものは、激動の現代のみならず将来にわたって、大きくなることはあっても、小さくなることはないだろう。

「電撃文庫」は、そのように多様化した対象に応え、歴史に耐えうる作品を収録するのはもちろん、新しい世紀を迎えるにあたって、既成の枠をこえる新鮮で強烈なアイ・オープナーたりたい。

その特異さ故に、この存在は、かつて文庫がはじめて出版世界に登場したときと、同じ戸惑いを読書人に与えるかもしれない。

しかし、〈Changing Times,Changing Publishing〉時代は変わって、出版も変わる。時を重ねるなかで、精神の糧として、心の一隅を占めるものとして、次なる文化の担い手の若者たちに確かな評価を得られると信じて、ここに「電撃文庫」を出版する。

1993年6月10日
角川歴彦

電撃文庫DIGEST　1月の新刊

発売日2023年1月7日

春夏秋冬代行者
暁の射手

著／暁 佳奈　イラスト／スオウ

四季の代行者と同じく神々に力を与えられた存在であり、大和に北から朝を齎す現人神、暁の射手。そしてその射手を護衛する、守り人。巫覡花矢と、巫覡弓弦。少女神と青年従者の物語が、いま始まる。

声優ラジオのウラオモテ
#08 夕陽とやすみは負けられない？

著／二月 公　イラスト／さばみぞれ

『ティアラ☆スターズ』ライブ第二弾は、乙女との直接対決！　完全復活した乙女に対し、夕陽とやすみはチームの年下後輩・纏の心を開くのにも一苦労。しかし闘志を失わない千佳には、何やら策があるようで……。

わたし、二番目の彼女でいいから。5

著／西 条陽　イラスト／Re岳

あれから二年、鬱屈した大学生活を送っていた俺。だが二人の女子・遠野あきらと宮前しおり、そして友達のおかげで、毎日は色づき始める。このグループを大切にする、今度は絶対に恋はしない、そう思っていたが……。

ギルドの受付嬢ですが、残業は嫌なのでボスをソロ討伐しようと思います6

著／香坂マト　イラスト／がおう

社会人にとって癒しの「長期休暇」――を目前にして、新たなダンジョンが5つ同時に発見される！　さらに処刑人の偽物まで現れ、アリナの休暇が大ピンチに!?　受付嬢がボスと残業を駆逐する異世界コメディ第6弾！

男女の友情は成立する？（いや、しないっ!!）
Flag 6. じゃあ、今のままのアタシじゃダメなの？

著／七菜なな　イラスト／Parum

かつて永遠の友情を誓い合った悠宇と日葵が、運命共同体（きょうはん）となって早1ヶ月。甘々もギスギスも一通り楽しんだ二人の恋人関係は――「ひと夏の恋」に終わるかどうかの瀬戸際に立たされていた……!?

少年、私の弟子になってよ。
新作
～最弱無能な俺、聖剣学園で最強を目指す～

著／七菜なな　イラスト／さいね

全人類が〈聖剣〉を持つようになった世界で、ただ一人〈聖剣〉が宿らなかった少年・識。しかし、世界一の天才聖剣士に見初められ、彼女の弟子に!?　最強×最弱な師弟の夢の続きが花開く、聖剣・学園ファンタジー！

狼と香辛料XXIV
Spring LogⅦ

著／支倉凍砂　イラスト／文倉 十

娘のミューリを追って旅を続ける賢狼ホロと元商人ロレンス。だがサロニアの街での活躍が思わぬ余波を生み、ロレンスのせいで貴重な森が失われると詰め寄られる。そんな中、木材取引の背後には女商人の影があって……

魔法史に載らない偉人2
～無益な研究だと魔法省を解雇されたため、新魔法の権利は独占だった～

著／秋　イラスト／にもし

いよいよスタートした学院生活でさっそく友達を作ったシャノン。意気揚々と子供だけのピクニックに出かける彼女たちに、黒い魔の手が迫り――!?

不可逆怪異をあなたと
新作
床辻奇譚

著／古宮九時　イラスト／二色こぺ

大量の血を残して全校生徒が消失した「血汐事件」。事件で失われた妹の身体を探してオカルトを追っていた青己蒼汰は、「迷い家」の主人だという謎の少女・一妃と出会い、怪異との闘争に乗り出すことになるが――。

Mother D.O.G
新作

著／蘇之一行　イラスト／灯

非人道的な研究により生み出された生体兵器が、世界に流出し、人間社会に紛れ込んでいた。これは、D．O．Gと呼ばれるその怪物たちを狩るため旅をする、不老不死の少女と彼女に付き従う青年の戦いの物語。

第27回
電撃小説大賞
金賞
受賞

ギルドの受付嬢ですが、残業は嫌なので
ボスをソロ討伐しようと思います

冒険者ギルドの受付嬢となったアリナを待っていたのは残業地獄だった!?　すべてはダンジョン攻略が進まないせい…なら自分でボスを討伐すればいいじゃない！

〔著〕香坂マト
〔ill〕がおう

電撃文庫

悪徳の迷宮都市を舞台に
一人のヒモとその飼い主の生き様を描く
衝撃の異世界ノワール
第28回
電撃小説大賞
大賞
受賞作
姫騎士様のヒモ
He is a kept man
for princess knight.
白金 透
Illustration
マシマサキ

姫騎士アルウィンに養われ、人々から最低のヒモ野郎と罵られる
元冒険者マシューだが、彼の本当の姿を知る者は少ない。
「お前は俺のお姫様の害になる――だから殺す」
エンタメノベルの新境地をこじ開ける、衝撃の異世界ノワール！

この△（さんかく）ラブコメは幸せになる義務がある。

［著］榛名千紘
［ILL.］てつぶた

ラブコメ史上、
もっとも幸せな三角関係！
これが三角関係ラブコメの到達点！

平凡な高校生・矢代天馬はクールな美少女・皇凛華が幼馴染の椿木麗良を溺愛していることを知る。天馬は二人がより親密になれるよう手伝うことになるが、その麗良はナンパから助けてくれた彼を好きになって……!?

電撃文庫

第28回
電撃小説大賞
金賞
受賞作
エンド・オブ・アルカディア
死ぬことのない戦場で
死に続けた彼と彼女の、
邂逅と共鳴の物語！
蒼井祐人
Yuto Aoi
[イラスト]──GreeN
END OF ARCADIA
彼らは安く、強く、そして決して死なない。
究極の生命再生システム《アルカディア》が生んだのは、複体再生〈リスポーン〉を駆使して戦う１０代の兵士たち。戦場で死しては復活する、無敵の少年少女たちだった──。
電撃文庫

第28回電撃小説大賞
銀賞
受賞作